ABI 2023

Auf einen Blick

Politik Wirtschaft

Niedersachsen

STARK

Inhalt

Inhalt

Friedenssicherung

Weltwirtschaftliche Verflechtung

Die **Inhaltsfelder des Abiturs im Fach Politik-Wirtschaft** sind breit gestreut. Es ist daher nicht immer leicht, den Überblick zu behalten. Ihnen dabei zu helfen, ist das Hauptanliegen des vorliegenden Büchleins, das nach dem Doppelseiten-Prinzip aufgebaut ist.

- **Alle Themenbereiche** werden auf jeweils zwei (in einem Ausnahmefall vier) Seiten in knappen Stichpunkten sehr übersichtlich dargestellt. Die Schwerpunktthemen, die explizit für das erhöhte Anforderungsniveau vorgesehen sind, sind entsprechend gekennzeichnet.
- Jedes Thema beginnt mit einem **Schaubild**, das ein schnelles Erfassen wichtiger Punkte ermöglicht und zentrale Merkmale veranschaulicht.
- **Kurze Hinweise („Übrigens…")** neben jedem Schaubild beziehen sich jeweils auf wissenswerte und interessante Zusatzinformationen.
- Die **Gliederung** des Büchleins folgt den inhaltlichen Schwerpunkten des Lehrplans, um eine zielgerichtete Vorbereitung auf das Abitur zu gewährleisten:
  - Das erste Kapitel umfasst **theoretische Grundlagen**, die zum Grundwissen gehören und Ihnen bei der Bearbeitung unterschiedlichster Fragestellungen eine effektive Hilfe sein werden. Mit dem Modell des Politikzyklus als Analyseinstrument können Sie den politischen Prozess strukturieren und nachvollziehen. Die Kategorien zur politischen Urteilsbildung ermöglichen ein differenziertes Urteil in Bezug auf politische Entscheidungen in allen Politikbereichen.
  - Das zweite Kapitel umfasst das vielschichtige Thema **politische Partizipation**. Dabei werden wichtige Institutionen und Formen der politischen Beteiligung vorgestellt und hinterfragt.
  - Das Kapitel **Soziale Marktwirtschaft** erläutert das Konzept der Sozialen Marktwirtschaft und betrachtet die Rolle des Staates in diesem Wirtschaftssystem. Es erfolgt eine ausführliche Darstellung der wirtschaftspolitischen Ziele, wobei auch auf das Spannungsverhältnis zwischen Umweltschutz und Wirtschaftswachstum eingegangen wird.
  - Im Kapitel **Friedenssicherung** werden zunächst „alte" und „neue" Kriege unterschieden, Kriegsursachen geklärt und allgemeine Entwicklungstendenzen dargestellt. Neben einem Überblick über die Hintergründe und die Folgen des gegenwärtigen russischen Angriffs auf die Ukraine wird ein abstraktes Schema zur Konfliktanalyse und zur Konfliktlösung vorgestellt. Überdies wird im Rahmen der deutschen Außen- und Sicherheitspolitik auf die Rolle der Bundeswehr im „System kollektiver Sicherheit" eingegangen.
  - Das letzte Kapitel konzentriert sich auf **weltwirtschaftliche Verflechtungen**, wobei hier außenhandelspolitische Leitbilder und deren Grenzen in einer globalisierten Weltwirtschaft im Fokus stehen. Abschließend wird auf die Position der Schwellen- und Entwicklungsländer im globalen Handel eingegangen, wobei auch Indikatoren zur Messung gesellschaftlicher Entwicklung vorgestellt werden.

Der STARK Verlag wünscht Ihnen bei der Arbeit mit dem Buch viel Freude und für das Abitur viel Erfolg!

Der politische Prozess

Auf einen Blick

Übrigens … Legitimität und Legalität können im Widerspruch zueinander stehen.

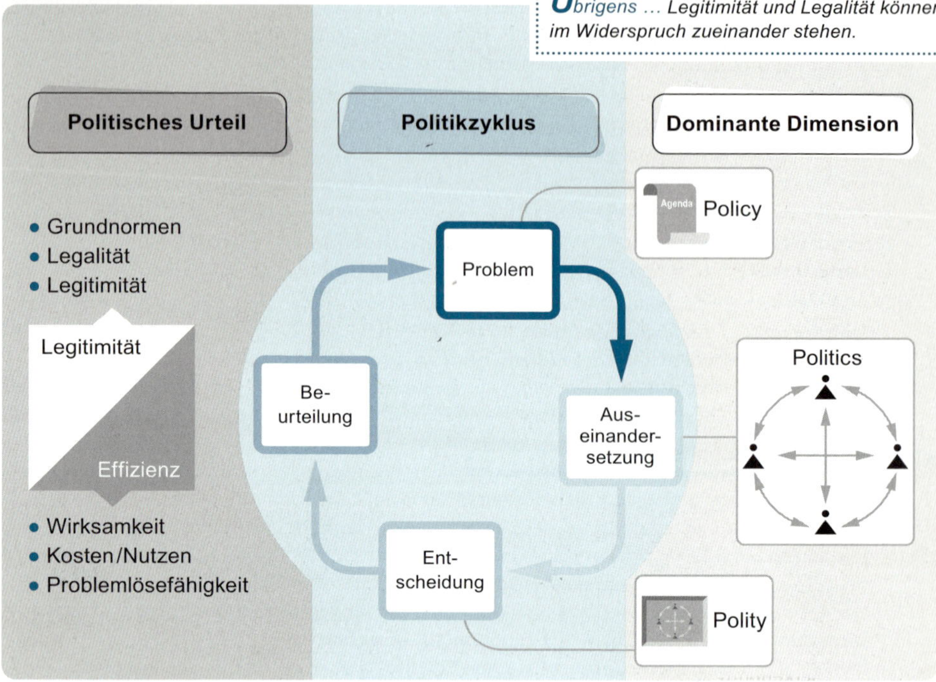

Dimensionen der Politik

- fehlende allgemeingültige Definition von „Politik"
- geläufige Definition von „Politik": Politik als **multidimensionales Phänomen**
  → drei Dimensionen für einen Begriff:
  – **Polity:** Institutionelle Dimension, Handlungsrahmen der Politik (z. B. Verfassung, Verfassungsprinzipien, Gesetze, Institutionen)
  – **Policy:** Inhaltliche Dimension (Ziele, Aufgaben, politische Programme)
  – **Politics:** Prozessuale Dimension (Verlauf der Willensbildung und Interessenvermittlung)
  → alle drei Dimensionen sind **gleichwertig** und stehen **in Bezug zueinander**

Der Politikzyklus

- Modell zum Verständnis, wie politische Prozesse funktionieren (Analyseinstrument)
- Veranschaulichung des zeitlichen Ablaufs eines politischen Prozesses, der sich u. U. mehrfach wiederholt **(Problemkreislauf)**
- Politik als Prozess zur Problemlösung

Phasen eines Politikzyklus

- **Problemwahrnehmung:**
  Worin besteht das Problem? Welche Aufgabe haben die Politiker zu lösen?
- **Agenda-Setting:**
  Welche gesellschaftliche Gruppe/Wer hat das Problem auf die politische Tagesordnung gesetzt? Welche gesellschaftlichen Interessen werden bei der Problemwahrnehmung/bei den Lösungsvorschlägen berücksichtigt?
- **Politische Auseinandersetzung:**
  Wie läuft die Auseinandersetzung ab? Welche Einflüsse wirken? Wer nimmt Einfluss?
- **Politische Entscheidung:**
  Welche Ergebnisse wurden erzielt? Welche Interessen konnten sich durchsetzen?
- **Implementation:**
  Wie und durch welche Instanz wird die Entscheidung durchgesetzt?
- **Gesellschaftliche und politische Bewertung:**
  Wurde das Problem zufriedenstellend gelöst? Welche gesellschaftlichen Gruppen fühlen sich benachteiligt? Kommt das Problem erneut auf die Agenda?

Kategorien zur politischen Urteilsbildung

- bei politischen Frage-/Problemstellungen sind stets mehrere Lösungsansätze möglich, die unterschiedlich gut begründet sind bzw. unterschiedlich beurteilt werden können
- **Kategorien zur Urteilsbegründung bzw. zur Beurteilung „guter" Politik (nach Massing)**
  - **Legitimität (Wertrationalität):**
    Beurteilung/Begründung politischer Entscheidungen bezogen auf die Grundwerte menschenwürdigen Handelns **(Grundnormen)**, auf konstitutionelle Verfahren **(Legalität)** und auf die Anerkennung seitens der Bürger **(Legitimitätsglaube)**;
    Kriterien: z. B. Rechtmäßigkeit, Grundrechte, Transparenz, Partizipation, Verhältnismäßigkeit
  - **Effizienz (Zweckrationalität):**
    Beurteilung/Begründung politischer Entscheidungen bezogen auf die **Wirksamkeit**, die **Kosten/Nutzen-Relation**, die **Problemlösefähigkeit**, die **Wirtschaftlichkeit**;
    Kriterien: z. B. politische Durchsetzbarkeit, Effektivität, Nebenfolgen
- Legitimität und Effizienz müssen bei einem politischen Urteil **immer** berücksichtigt werden!
- wichtiger Aspekt bei Wertentscheidungen: **Bedingungs- und Spannungsverhältnis** zwischen verschiedenen Werten möglich; z. B. Freiheit vs. Sicherheit (vgl. Debatte um Vorratsdatenspeicherung), gleichzeitig ist Sicherheit jedoch eine Voraussetzung für die freie Entfaltung

Partizipation durch Wahlen

Auf einen Blick

Übrigens … Die erste Wahlteilnahme hat großen Einfluss auf unsere lebenslange Wahlbeteiligung. Deshalb ist es wichtig, v. a. die Erstwähler zur Wahl zu motivieren.

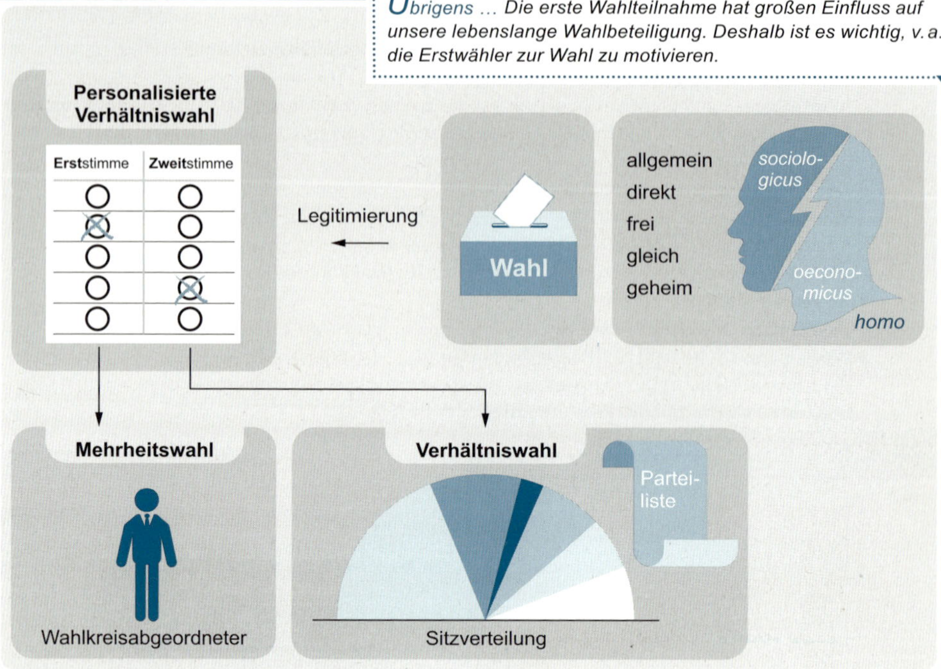

Zentrale Funktionen von Wahlen

- einfachste und egalitärste Form der Partizipation im repräsentativen System
- **Repräsentation** der Interessen der Bevölkerung in politischen Institutionen → **Legitimierung**
- **Rekrutierung** der politischen Elite
- **Kontrolle** der politischen Handlungseinheiten durch Abwählbarkeit
- **Konkurrenzkampf:** Entwicklung **alternativer Problemlösungen/Sachprogramme**
- Hervorbringen einer **handlungsfähigen Regierung** (Ergebnis der Wahl)

Wahlrechtsgrundsätze

- durch das Grundgesetz festgelegt (Art. 38 GG) → Bundes-, Landes- und Kommunalebene
- **Wahlrechtsgrundsätze:** Die Wahl ist …
  - **allgemein:** alle Staatsbürger ab 18 Jahre verfügen über ein aktives und passives Wahlrecht
  - **unmittelbar/direkt:** die Abgeordneten werden direkt, d. h. ohne Zwischeninstanz, gewählt
  - **frei:** kein Wahlzwang, freie Wahlentscheidung
  - **gleich:** jede Stimme zählt gleich (Einschränkung: 5 %-Klausel → „Gefahr verlorener Stimmen")
  - **geheim:** die Wahlentscheidung ist anonym

Wahlsystem zum Deutschen Bundestag

- Wahlsystem: **personalisierte Verhältniswahl;** Wahlturnus: 4 Jahre
- Einteilung des Bundesgebiets in 299 Wahlkreise (= Hälfte der Anzahl der Bundestagssitze)
- **Erststimme:** Stimme für einen Wahlkreiskandidaten (Personenwahl; relative Mehrheitswahl → **Direktmandat**); **Zweitstimme:** Stimme für die Landesliste einer Partei (Verhältniswahl: Anteil der Sitze im Parlament entspricht dem Zweitstimmenanteil → **Listenmandat**)
- Ermittlung der **Sitzverteilung im Bundestag** entsprechend des Zweitstimmenanteils nach dem Sainte-Laguë/Schepers-Verfahren
- Besetzung der Bundestagssitze mit den Wahlkreisgewinnern der jeweiligen Partei; die übrigen Plätze werden entsprechend der Reihenfolge der Partei-Landeslisten vergeben
- **Überhangmandate** entstehen, wenn Anzahl der Direktmandate einer Partei > Anzahl Listenmandate; zur Verhinderung von Verzerrungen des Zweitstimmenproporzes Einführung von **Ausgleichsmandaten** für die anderen Parteien → steigende Sitzzahl (2021: 736 Sitze)
- **Sperrklausel** in Höhe von 5 % der abgegebenen Zweitstimmen oder mindestens drei Direktmandate über die Wahlkreise → Stimmen für Kleinstparteien gehen verloren

Theorien des Wahlverhaltens

Theorie des rationalen Wählers

- dahinterstehendes Menschenbild: **homo oeconomicus**
- Wahlentscheidung als **Kosten-Nutzen-Kalkulation:** Wahl derjenigen Partei, von der der größte persönliche Vorteil zu erwarten ist; Vergleich der Regierungsarbeit der vergangenen Legislaturperiode mit dem vermuteten Ergebnis der Opposition (Nutzendifferential)
- **„issue-voting“:** Orientierung an Sachfragen
- große Bedeutung wirtschaftlicher Rahmenbedingungen und der Person der Politiker
- **Grenzen der Theorie:**
  - Faktoren, die die Interessen der Wähler beeinflussen, werden nicht berücksichtigt
  - hohe Informationskosten/unvollständige Information im Vorfeld der Wahlentscheidung
  - **Ungewissheit** über das künftige Regierungshandeln und Auswirkung auf persönlichen Nutzen
  - **Wahlparadoxon:** „Schleier der Bedeutungslosigkeit“ der eigenen Wahlentscheidung; Warum sollte man überhaupt zur Wahl gehen?
  - Theorie erklärt nicht, warum die Wahlentscheidung auch zugunsten **kleiner Parteien** ausfällt, obwohl diese **keine Chance auf eine Regierungsbeteiligung** haben

Theorie des sozial eingebetteten Wählers

- dahinterstehendes Menschenbild: **homo sociologicus**
- individuelles Wählerverhalten **sozialstrukturell** geprägt (z. B. durch Alter, Konfession, Beruf)
- Wahlverhalten als **Gruppenverhalten:** Gruppenzugehörigkeit begünstigt gleiche Wahl
- stabiles, über längere Zeit konstantes Wahlverhalten
- **Grenzen der Theorie:**
  - mangelnde Erklärung für Wechselwahl/Nichtwahl
  - Nichtbeachtung von kurzfristigen Einflüssen durch Medien, Wahlkämpfe und Kandidaten

Mitgliedschaft und Mitarbeit in Parteien

Auf einen Blick

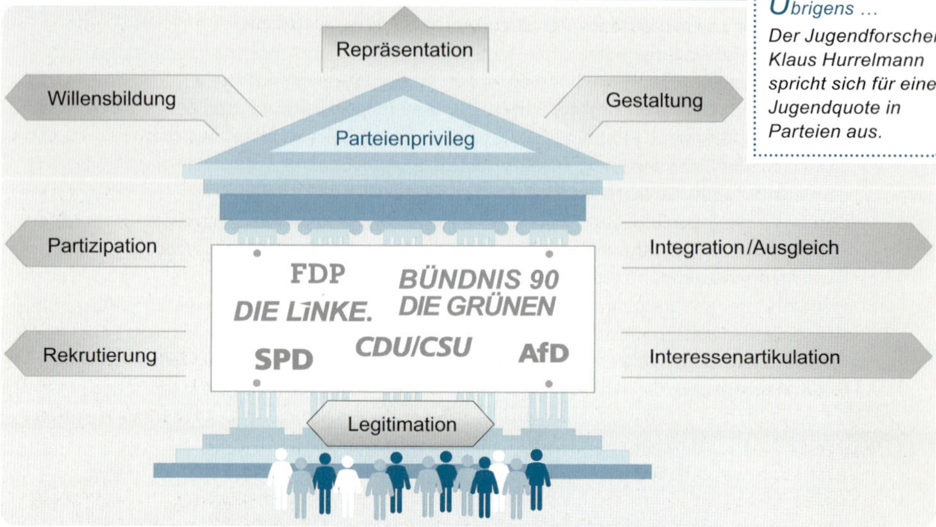

Übrigens …
Der Jugendforscher Klaus Hurrelmann spricht sich für eine Jugendquote in Parteien aus.

Stellung, Aufgaben und Organisation der Parteien in Deutschland

- politische Parteien als **unverzichtbarer Bestandteil der repräsentativen Demokratie** (Parteiendemokratie) → Partizipation der Bürger durch Wahlen und Parteimitgliedschaft; Anerkennung der Parteien als **verfassungsrechtliche Institution** (Art. 21 GG)
- **Parteienprivileg:** besonderer Schutz → Parteienverbot nur durch das Bundesverfassungsgericht (Voraussetzung: Verfassungswidrigkeit und ausgehende Gefahr für die demokratische Ordnung, „**streitbare Demokratie**"); bisherige Parteienverbote: 1952 SRP, 1956 KPD
- Zentrale Aufgaben von Parteien:
  - **politische Willensbildung**
  - **Interessenartikulation:** Formulieren und Artikulieren öffentlicher Forderungen/Erwartungen
  - **Integrationsfunktion/Ausgleichsfunktion:** Bündelung und Ausgleich verschiedener politischer Interessen
  - **Partizipationsfunktion:** Ermöglichen einer aktiven Teilnahme an der Politik
  - **Rekrutierungsfunktion:** Aufstellen von Bewerbern für Wahlen
  - **Gestaltungsfunktion:** Umsetzen politischer Vorstellungen
  - **Bindeglied zwischen Volk und Staatsorganen** → **Legitimation** des politischen Systems
- **Innerparteiliche Willensbildung:** „innere Demokratie" → Vergabe von Parteiämtern, Kandidatenaufstellung und Programminhalte werden auf Parteitagen oder durch Mitgliederabstimmungen beschlossen
- **Parteienfinanzierung:** Mischfinanzierung aus privaten und staatlichen Mitteln; Ziel: Chancengleichheit; Transparenzpflicht bei größeren Spenden; Spenden > 1 000 Euro aus dem Nicht-EU-Ausland dürfen nicht angenommen werden

Parteiensystem

- **Parteiensystem:** Gesamtheit aller im politischen System agierenden Parteien und deren Beziehungen zueinander
- **Beschreibung des Beziehungsgeflechts anhand folgender Faktoren**
  - **Format:** Anzahl der Parteien, die an den Wahlen teilnehmen/im Parlament vertreten sind
  - **Fragmentierung:** Anzahl der relevanten Parteien, insbesondere der im Parlament vertretenen Parteien (Grad der Zersplitterung des Parteiensystems)
  - **Dominanz und Asymmetrie:** Differenz der Stimmen-/Mandatsanteile der Großparteien; zentrale Frage: Besteht Chancengleichheit hinsichtlich einer Regierungsbeteiligung?
  - **Volatilität:** Veränderung der Größenrelationen zwischen den Parteien in zwei aufeinanderfolgenden Wahlperioden
  - **Polarisierung:** Verortung der Parteien auf den zentralen Konfliktlinien (cleavages); ideologische/programmatische Distanz zwischen den Parteien
  - **Segmentierung:** Kompromissbereitschaft und Koalitionsfähigkeit zwischen den Parteien
- **Beschreibung des Parteienspektrums** anhand der **kulturellen** (libertär – autoritär) und **ökonomischen** Konfliktlinie (Staatsorientierung/sozialer Ausgleich – Marktorientierung); neue Konfliktlinie: **Globalisierung** (erklärt Erstarken rechtsgerichteter Parteien)
- **Parteiensystem in Deutschland**
  - Mehrparteiensystem (↔ Zweiparteiensystem: z. B. USA; Einparteienstaat: z. B. Nordkorea)
  - Sechsparteiensystem mit SPD als größte Fraktion neben CDU/CSU, Bündnis 90/Die Grünen, FDP, AfD, DIE LINKE
  - **Splitterparteien:** Parteien mit nur kleiner Wählerschaft und mit meist speziellem inhaltlichen Zuschnitt: z. B. ÖDP, Bayernpartei, Die Violetten
  - Entwicklungen: **postmaterialistischer Wertewandel** → **Erosion der Bedeutung der Volksparteien**; Aufstieg von Bündnis 90/Die Grünen; gleichzeitiges Entstehen/Erstarken der AfD
  - herkömmliche Koalitionen (CDU/CSU – FDP; SPD – Bündnis 90/Die Grünen) nicht mehr regierungsfähig: → Notwendigkeit von „Großen Koalitionen“ oder Dreierbündnissen (aktuelle „Ampelkoalition“)

Entwicklung deutscher Parteien

- massiver **Mitgliederverlust**; sinkende Rekrutierungsfähigkeit des Parteiensystems
- **mangelnde Repräsentation der Bevölkerung:** Parteimitglieder überwiegend männlich, „alt“ und hoch qualifiziert
- **geringes Vertrauen in demokratische Institutionen sowie Politikverdrossenheit bei Jugendlichen:** immer mehr Jugendliche zeigen Interesse an Politikinhalten und politischen Aktivitäten (z. B. Onlinepetitionen, Demonstrationen, politisch motivierter Boykott), nicht aber an Parteien und Parteimitgliedschaft
- zentrale Frage: Wie können junge Menschen für die Parteiarbeit gewonnen werden?
- diskutierte Vorschläge: **Abbau von Hierarchien, Mitgliederentscheide** über Sachfragen oder sogar über Koalitionsverträge

Engagement in Interessenverbänden und Initiativen

Auf einen Blick

Übrigens … Der Großteil der Bevölkerung ist der Meinung, dass Lobbyismus in Deutschland stärker reguliert werden muss.

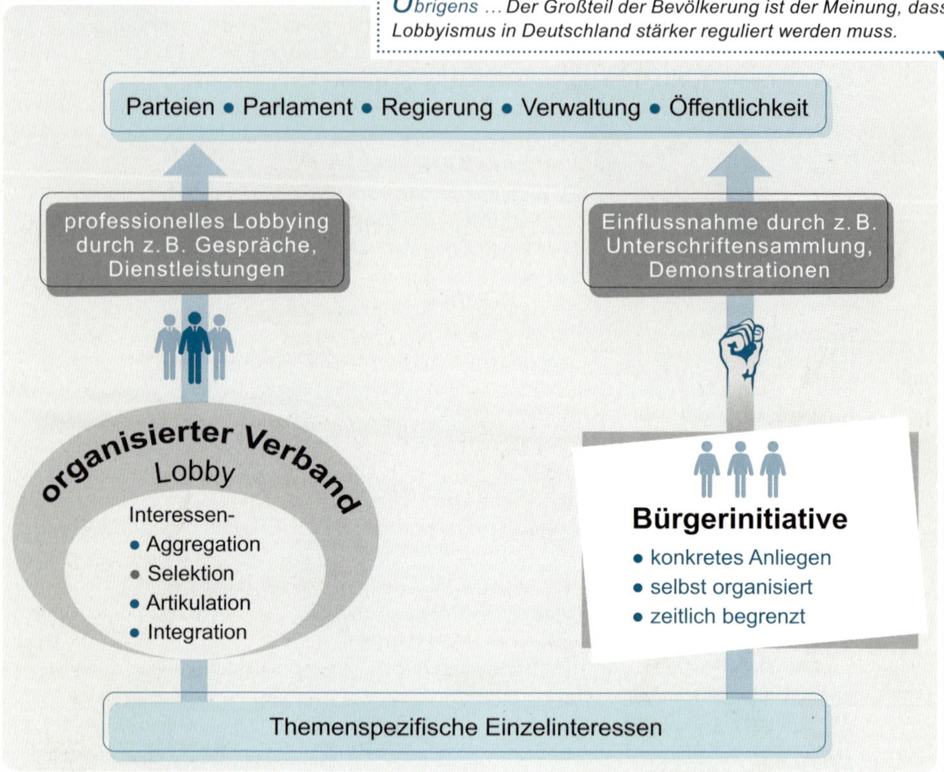

Interessenverbände

- **Art. 9 GG (Vereinigungsfreiheit):** verfassungsrechtlicher Schutz des Zusammenschlusses von Bürgern zu Vereinigungen; Voraussetzung: **keine Gefährdung der verfassungsmäßigen Ordnung** durch deren Zielsetzung
- **Interessenverband:** dauerhafter Zusammenschluss von Personen mit dem Ziel, gemeinsame Interessen durchzusetzen (themenspezifisch) → Chance zur **Durchsetzung partikularer Interessen**; Repräsentation der gesellschaftlichen Vielfalt in einer pluralistischen Gesellschaft
- Verbände nach den Parteien **wichtigste Vermittlungsinstanz** zwischen Bevölkerung und Staat
- **Funktionen von Interessenverbänden:**
  – Interessenaggregation, -selektion, -artikulation und -integration
  – Schaffen von **Partizipationsmöglichkeiten** zwischen den Wahlterminen; Erhöhung der Akzeptanz politischer Entscheidungen durch gesellschaftliche Rückkopplung
  – Stärkung der Problemlösefähigkeit der Politik durch **Sachverstand/Expertenwissen**

Engagement in Interessenverbänden und Initiativen

Politische Einflussnahme durch Interessenverbände

- **Lobbyismus:** Versuch der Vertreter von Interessengruppen (Lobbyisten), auf Beamte und Abgeordnete Einfluss zu nehmen (engl. „lobby“ = Wandelhalle des Parlamentsgebäudes, in der die Lobbyisten das Gespräch mit den Abgeordneten suchen; Begriff meist negativ besetzt)

Adressaten der Einflussnahme

- **Öffentlichkeit:** Öffentlichkeitsarbeit über Presse, Radio und Fernsehen; Bereitstellen von Informationen; Pressekonferenzen/Stellungnahmen zu politischen Entscheidungen und Issues
- **Parteiarbeit:** Nähe zu Parteien; Unterstützung bei Wahlkämpfen → Ziel: Berücksichtigung der Verbandsziele im Parteiprogramm
- **Parlament:** Kontakt zu Abgeordneten; Erwerb von Abgeordnetenmandaten → Besetzung der jeweils themenbezogenen Ausschüsse durch Verbandsmitglieder
- **Regierung und Bürokratie:** Ministerialbürokratie als wichtigster Kontakt für Lobbyisten, da hier Gesetzesentwürfe und Entwürfe für Verordnungen angefertigt werden → Einfluss bereits im Prozess des Agendasettings (vgl. Politikzyklus; *Hinweis:* Die Mitwirkung von Interessenverbänden ist in den Geschäftsordnungen von Bundestag und Bundesregierung explizit vorgesehen, da sie über Expertenwissen verfügen.)
- **EU:** Einwirken europäischer Dachverbände auf die Entscheidungsprozesse in der EU

Kritik

- **unterschiedliche Durchsetzungskraft:** Einfluss der Verbände abhängig von der Mitgliederzahl, dem Organisationsgrad, der finanziellen Ausstattung sowie den Beziehungen → **Benachteiligung einzelner gesellschaftlicher Gruppen**, die sich nicht oder nur schwer organisieren können (z. B. Kinder, alte Menschen, Hausfrauen)
- **Intransparenz politischer Entscheidungen:** (undurchsichtige) Einflussnahme organisierter Interessengruppen auf Exekutive und Legislative zur Durchsetzung von Sonderinteressen → sinkende Akzeptanz demokratisch legitimierter Entscheidungen bei den Bürgern
- **Dominanz der Interessen einflussreicher Verbandsfunktionäre:** innere Ordnung von Verbänden ist oft nur formal demokratisch, sodass mächtige Funktionäre unter Umständen in erster Linie ihre Einzelinteressen verfolgen (↔ Parteien; vgl. innerparteiliche Willensbildung)
- **Blockade notwendiger politischer Reformen:** zukunftsweisende politische Entscheidungen, die nicht den Interessen mächtiger Verbände entsprechen, werden von diesen be- oder gar verhindert (z. B. Reformen, die die Automobilindustrie oder den Gesundheitssektor betreffen)

Bürgerinitiativen und soziale Bewegungen

- **Bürgerinitiative:** breit angelegte Form der Selbstorganisation von Bürgern; zeitlich begrenzt zur Ausübung öffentlichen Drucks (**informelle Macht**) auf politische Entscheidungsträger in konkreten Angelegenheiten; meist auf kommunaler Ebene (aber auch national/europaweit)
- **Problem:** Benachteiligung weniger privilegierter Bevölkerungsschichten; Teilnehmer überwiegend gut ausgebildet und wohlhabend
- **(Neue) Soziale Bewegungen:** heterogene Zusammenschlüsse von Menschen mit Interesse an gesellschaftlicher Veränderung in einem bestimmten Bereich (z. B. Umweltbewegung)

Direktdemokratische Elemente

Auf einen Blick

Übrigens … Seit 1945 wurden in den deutschen Bundesländern insgesamt 24 Volksentscheide „von unten“ durch Volksbegehren initiiert.

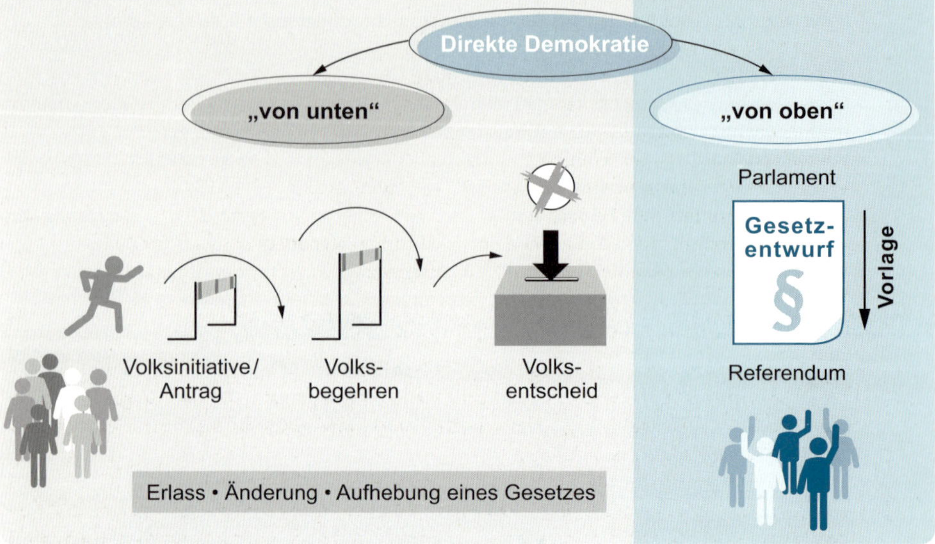

Direktdemokratische Partizipationsmöglichkeiten

- auf Bundesebene: Volksentscheid nur im Fall einer Neugliederung des Bundesgebiets
- direktdemokratische Elemente **auf Länder- (und auch auf Kommunal-)ebene**; es gelten landesspezifische Regelungen:
  - **Volksinitiative:** bei Erreichen einer bestimmten Zahl an Unterschriften kann ein bestimmtes Thema dem Parlament zur Befassung vorgelegt werden; Anhörungsrecht der Initiatoren
  - **Volksbegehren:** Gesetzesinitiative durch das Volk; bei Erreichen einer bestimmten Zahl an Unterschriften kann ein Volksentscheid über Erlass/Änderung/Aufhebung eines Gesetzes beantragt werden; ein ausgearbeiteter Gesetzesentwurf muss vorliegen (Unterstützung von 10 % der Wahlberechtigten notwendig)
  - **Volksentscheid:** Entscheidung des Volkes/der Bürger über einen Gesetzesentwurf (aus dem Volksbegehren), wenn er vom Landtag so nicht angenommen wird
  - **Referendum/Plebiszit:** Volksabstimmung über ein bereits ausgearbeitetes Gesetz (nachträgliche Bestätigung/Ablehnung); auf Antrag der Regierung/des Parlaments oder eines bestimmten Quorums der Stimmberechtigten
  - **Volksbefragung**: i. d. R. durch Parlament oder Regierung initiiert; möglich ist aber auch eine volksinitiierende Befragung (Volksenquete) → keine rechtlich verbindliche Entscheidung, aber „höchste politische Verbindlichkeit“

Pro und Contra direktdemokratischer Elemente

- **Pro:** z. B.
  - hohe Transparenz und Akzeptanz von Entscheidungen
  - Repräsentation des Mehrheitswillens
  - Ermutigung zu Engagement
  - hohe Identifikation mit dem politischen System
- **Contra:** z. B.
  - fehlender Sachverstand in der Bevölkerung
  - fehlender Minderheitenschutz
  - Bevorteilung einflussreicher Gruppen (höhere Mobilisierung)
  - keine Kompromissentscheidungen
  - schwere Durchsetzbarkeit unangenehmer, aber dringend notwendiger Gesetze
  - Einfluss aktueller Stimmungslagen auf die Entscheidung

Direkte Demokratie in der EU: Die Europäische Bürgerinitiative

- **Europäische Bürgerinitiative:** Möglichkeit, **Gesetzesvorschläge in den Bereichen anzuregen**, in denen die Europäische Kommission ein Initiativrecht hat, z. B. in den Bereichen Umwelt, Verkehr und Handel (nötig: mind. eine Million Unterschriften aus sieben EU-Staaten, wobei für jedes Land eine Mindestanzahl gilt)
  → **Handlungsaufforderung** für die EU-Kommission; EU-Volksbegehren
- bei ausreichend Unterschriften in maximal zwölf Monaten muss die Kommission innerhalb von drei Monaten auf die Initiative **reagieren** → formelle und begründete Antwort ist ausreichend, ein Gesetzgebungsverfahren muss die Kommission nicht zwingend einleiten

Exkurs: Weitere Partizipationsmöglichkeiten auf europäischer Ebene

- **Wahl der Mitglieder des Europäischen Parlaments** (Wahlturnus 5 Jahre): Listenwahl; Aufstellen der Kandidaten durch nationale Parteien (die wiederum sind jeweils Mitglied einer europäischen Partei ähnlicher Ausrichtung → europäische „Parteifamilien“); geringe Bedeutung europäischer Parteien im Bewusstsein der Wähler
- **Direktkontakt zu Europaabgeordneten** (Bürgersprechstunden in den Wahlkreisbüros)
- **Bürgeranfragen** beim Europäischen Parlament (z. B. elektronischer Briefkasten)
- **Petitionen** an das Europäische Parlament (häufige Themen: Umweltschutz, soziale Sicherheit und Bereiche der Steuerharmonisierung in der EU)
- organisierte **Lobbyarbeit: Einflussnahme und Monitoring** (Beobachten der europäischen Politik)

Entwicklung politischer Teilhabe (eA)

Auf einen Blick

Übrigens … Die Fridays-for-Future-Bewegung hat sich von Schweden aus innerhalb eines Jahres weltweit ausgebreitet.

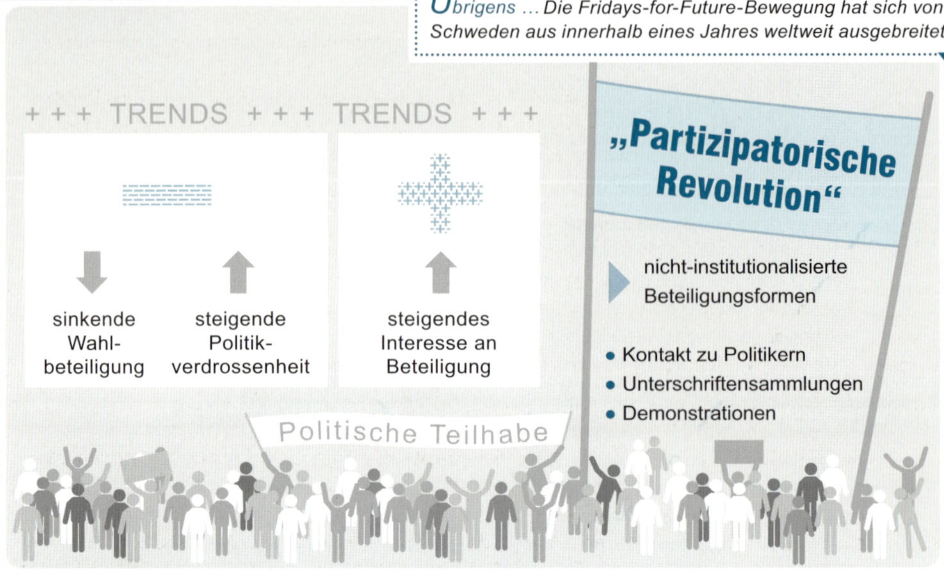

Allgemeine Trends: quantitative und qualitative Veränderungen

- **sinkende Wahlbeteiligung**, zunehmende **Politikverdrossenheit**, wachsende **Unzufriedenheit** mit den Politikergebnissen; aber: **gesteigertes Interesse** an Beteiligung und Engagement (punktuell, zeitlich befristet, anlassbezogen)
- **„Partizipatorische Revolution“**: Starke Ausweitung des Repertoires der Beteiligungsformen → **nicht-institutionalisierte Beteiligungsformen** wie Kontakt zu Politikern, Unterschriftensammlungen, Demonstrationen sind von zunehmend stärkerer Bedeutung
- **Bildungsgefälle** über alle politischen Beteiligungsformen hinweg (Überrepräsentation von Menschen mit Hochschulbildung; „sozial induzierte Ungleichheit“)
- **erleichterte Beteiligungsmöglichkeiten** durch die **„Neuen Medien“**

Wahlbeteiligung

- **allgemeine/gesamteuropäische Trends:** sinkende Wahlbeteiligung, starke **Wahlhierarchisierung** (höhere Wahlbeteiligung an nationalen Wahlen), zunehmend sozial ungleiche Wahlbeteiligung (Unterrepräsentation der Interessen sozial schwächerer Gesellschaftsgruppen) → **Repräsentations- und Legitimationskrise der repräsentativen Demokratie?**
- **Gründe für sinkende Wahlbeteiligung:**
  - Parteien- und Politikverdrossenheit
  - soziale und ökonomische Unzufriedenheit (Protest-Nichtwahl statt Protestwahl)
  - geringes Vertrauen in die staatliche Souveränität und die Wirksamkeit der Stimmabgabe

  - mangelnde Unterscheidbarkeit des Angebots v. a. der Volksparteien
  - Entfremdung der Politik von den Wählern
  - undurchsichtiger Einfluss von Lobbyisten und internationalen Organisationen auf Politiker/politische Entscheidungsträger
- **wenig Jungwähler:** Jungwähler sind unterrepräsentiert; demografiebedingt („Überalterung" der Gesellschaft), aber auch geringere Wahlbeteiligung im Vergleich zur Gesamtbevölkerung (Bundestagswahl 2021: Wahlbeteiligung insgesamt: 76,6 %; 18- bis 24-Jährige: 70,9 %)
- Diskussion über die Einführung einer **Wahlpflicht**

Parteiarbeit/Mitarbeit in Bürgerinitiativen

- **langfristige Trends:** Mitgliederverlust bei allen im Bundestag vertretenen Parteien, außer Bündnis 90/Die Grünen und AfD; seit 1990 hat sich die Zahl der Mitglieder parteiübergreifend knapp halbiert
- **Mitarbeit in Bürgerinitiativen:** Engagement weitgehend konstant

Weitere Formen der Partizipation außerhalb politischer Institutionen

- **Unterschriftensammlung:** häufigste Form politischer Teilhabe außerhalb politischer Institutionen
- **Kontaktaufnahme zu Politikern** (per E-Mail, Brief, über Social-Media-Plattformen)
- **Demonstrationen:** stärkere Teilnahme der jüngeren Generation (unter 30 Jahre); seit 2020 vermehrt **Proteste** gegen die Corona-Maßnahmen (hier gem. einer Studie der Universität Basel v. a. Beteiligte aus der Mittelschicht, eher älter und akademisch gebildet)

Beurteilungskriterien unterschiedlicher Partizipationsformen

- **Repräsentativität:** Wird die Bevölkerung in demografischer (z. B. Alter, Geschlecht, Region) und sozialer (z. B. Bildungsabschluss, Einkommen, Religion) Hinsicht ausreichend repräsentiert?
- **Erfolgschancen:** Wird diese Form der Partizipation wahrgenommen? Kann tatsächlich Einfluss ausgeübt werden?
- **gesellschaftliches Integrationspotenzial:** Inwieweit werden einzelne Bevölkerungsgruppen in den politischen Prozess eingebunden?

Unterschiedliche Partizipationsformen und repräsentative Demokratie

- **breites bürgerschaftliches Engagement** in unterschiedlicher Form als **Leitbild** moderner politischer Ordnungen; Einheit von Partizipation und Repräsentation
- **Problem:** politische Aktivisten außerhalb der formellen Beteiligungsmöglichkeiten bilden **keinen repräsentativen Querschnitt** der Bevölkerung
- **Stärkung der repräsentativen Demokratie** durch **Mobilisierung** und **politische Integration** politikferner Gruppen → Ausweitung der Teilnahmemotive und -kompetenzen; besseres Zusammenwirken von Bürgern und Abgeordneten sowie Förderung der Mitwirkung in Parteien auf lokaler und regionaler Ebene

Auf einen Blick

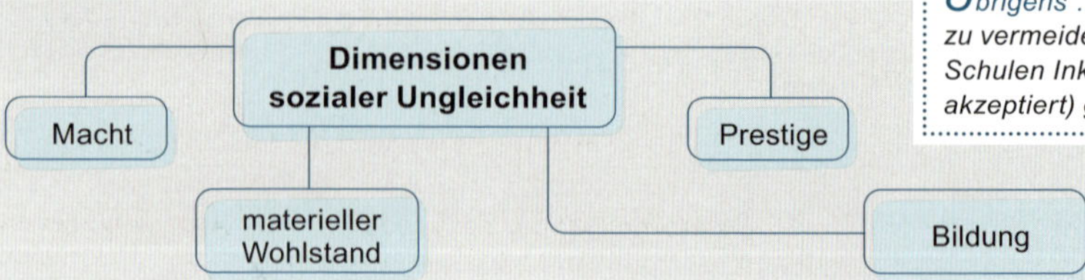

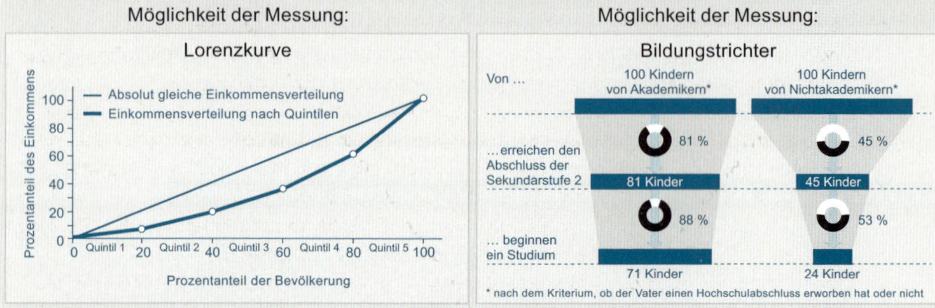

Übrigens ... Um Ungleichheit zu vermeiden, wird gerade an Schulen Inklusion (jeder wird akzeptiert) gefordert.

Erscheinungsformen und Auswirkungen sozialer Ungleichheit

- **soziale Ungleichheit:** ungleiche Verteilung von Ressourcen in einer Gesellschaft
- häufige Folge: **ungleiche Chancenverteilung**
- zentrale **Dimensionen sozialer Ungleichheit:** materieller Wohlstand, Bildung

Materieller Wohlstand

- **Indikatoren** zur Beurteilung materiellen Wohlstands: Vermögen, Einkommen, Armut

Vermögen

- **alle Güter** im Eigentum eines Wirtschaftssubjekts
- **Funktionen** von Vermögen: **Grundstock** für Einkommen (z. B. Vermietung – Einkommensfunktion), **eigene Nutzung** (z. B. Eigentumswohnung – Nutzungsfunktion), **Sicherheit** für schlechtere Zeiten (Sicherungsfunktion), **Erhöhung** der wirtschaftlichen und politischen **Gestaltungsmacht** (Machtfunktion)
- Beurteilung der **Vermögensverteilung** einer Gesellschaft:
  Durchschnittsvermögen **(arithmetisches Mittel)**, mittleres Vermögen **(Median)**
- Vermögen des mittleren privaten Haushalts 2018 in Deutschland: 60 400 € netto, ab einem Vermögen von 261 080 € netto sind nur noch 20 % der Haushalte reicher
- **OECD-Studie:** starke Konzentration des Vermögens in Deutschland → die reichsten 10 % der Deutschen besitzen fast 60 % des gesamten Nettohaushaltsvermögens

Einkommen

- Zusammensetzung: Einkommen aus **Erwerbsarbeit** (z. B. Lohn), **Besitz- bzw. Vermögenseinkommen** (z. B. Miete) und **Transfereinkommen** (z. B. Kindergeld)
- Analyse
  - **Haushalts(netto)einkommen:** Einkommen pro Haushalt (nach Abzug von Steuern und Sozialabgaben)
  - **Pro-Kopf-Einkommen** (z. B. BIP/Bevölkerungszahl des Landes): v. a. zur Analyse von Wohlstandsentwicklungen → keine Aussage über die Einkommensverteilung möglich
  - **Äquivalenzeinkommen:** Umrechnung des Haushaltseinkommens auf die **Zahl der Personen**; Einkommen, welches jedem Haushaltsmitglied, wenn es alleinlebend und erwachsen wäre, den gleichen Lebensstandard ermöglicht, den es im Haushalt genießt; Berücksichtigung von Einspareffekten z. B. durch die gemeinsame Nutzung der Wohnung
    → **Berechnung:** Summe aller Einkommen des Haushalts und Gewichtung aufgrund einer Äquivalenzskala (erstes erwachsenes Haushaltsmitglied: 1; weiteres erwachsenes Haushaltsmitglied: 0,5; Kind ab 14 Jahre: 0,5; Kind bis 13 Jahre: 0,3), z. B.: Vater (40 000 €), Mutter (15 000 €), 2 Kinder (12/15 Jahre) → 55 000 € : 2,3 = ca. 24 000 €
  - **Einteilung in Quintile:** Hilfsmittel, um Aussagen über bestimmte Anteile der Bevölkerung zu machen (z. B. 5 Quintile = die ärmsten 20 %, die reichsten 20 % usw.)
  - **Lorenzkurve:** Veranschaulichung ungleicher Verteilung von Einkommen/Vermögen (die Diagonale würde der Gleichverteilung entsprechen)
    → **Berechnung:** auf der x-Achse wird der Anteil der Gesamtbevölkerung und auf der y-Achse der Anteil des Volkseinkommens abgetragen → je weiter die reale Kurve von der Diagonalen entfernt ist, desto stärker ist die Ungleichverteilung
  - **Gini-Koeffizient:** aus Lorenzkurve berechnet → **Berechnung:** indem man die Fläche zwischen der Diagonalen und der Lorenzkurve durch die Gesamtfläche unterhalb der Diagonalen teilt, erhält man einen Wert zwischen 0 und 1 → je kleiner der Wert, desto gleichmäßiger die Verteilung (Entwicklung: 2010: 0,293 → 2020: 0,344)

Armut

- **Armutsbegriffe:**
  - **absolute (extreme) Armut:** weniger als 1,90 US-$ pro Tag (Umrechnung in lokale Kaufkraft)
  - **relative Armut:** bemisst sich an der Fähigkeit zur Teilhabe am gesellschaftlichen Leben; in Deutschland: Median des **Nettoäquivalenzeinkommens** → wer weniger als 60 % dieses Wertes hat, gilt als armutsgefährdet

Bildung

- in Industrienationen und Dienstleistungsgesellschaften: **Bildung als Schlüsselfaktor** zur Armutsvermeidung
- Forderungen: **Durchlässigkeit des Schulsystems** und **ganztägige Bildungsangebote**
- **Kernziel** von Maßnahmen im Bereich Bildung: **Ungleichheiten vermeiden**, die nicht aufgrund der eigenen Leistung, sondern beispielsweise aufgrund der Herkunft, des Berufs der Eltern, der finanziellen Möglichkeiten usw. bestehen

Auf einen Blick

Übrigens … In Österreich scheiterte Ende 2019 ein Volksbegehren für ein bedingungsloses Grundeinkommen an mangelnder Unterstützung.

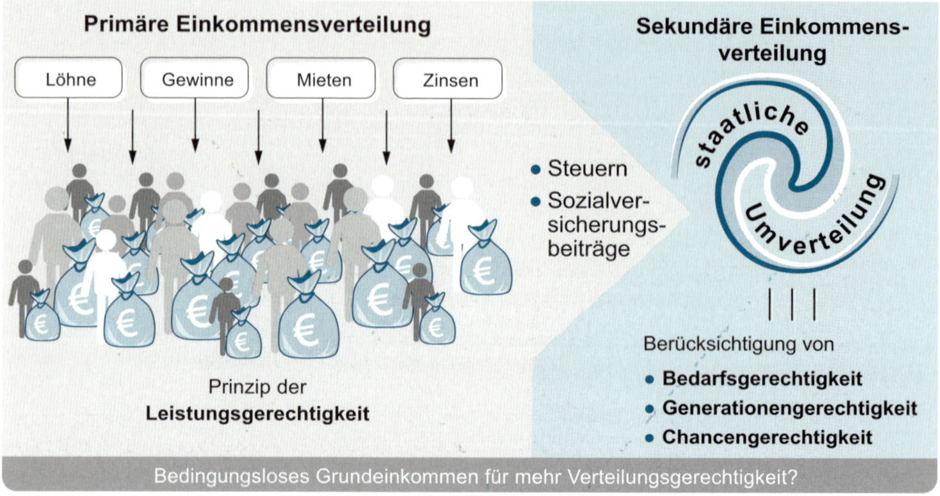

Verteilungsgerechtigkeit – Gerechtigkeitskonzepte

- **Leistungsgerechtigkeit:** Einkommen entspricht der Leistung (Prinzip der Marktwirtschaft) → Verarmung nicht arbeitsfähiger oder wenig leistungsfähiger Gesellschaftsmitglieder
- **egalitäre Gerechtigkeit:** im Widerspruch zur Leistungsgerechtigkeit; Gleichverteilung als Maximalvariante des sozialen Ausgleichs → Probleme: geringer/kein Leistungsanreiz, Trittbrettfahrer
- **Bedarfsgerechtigkeit:** Einkommen wird entsprechend des objektiven Bedarfs aufgeteilt
- **Chancengerechtigkeit:** an die Begabung angepasste Chancen, die prinzipiell jede Form eines gesellschaftlichen Aufstiegs ermöglichen (≠ Chancengleichheit: „gleiche Chancen für alle")
- **Generationengerechtigkeit:** Gerechtigkeit bei der Verteilung von Ressourcen und Lebensqualität zwischen den Generationen (Stichworte: Schulden, Umwelt)

Einkommens- und Vermögensverteilung (eA)

- Verbindung mehrerer Prinzipien in der Sozialen Marktwirtschaft:
  - **primäre Einkommensverteilung:** weitgehend leistungsgerechte Verteilung der ungekürzten **Primäreinkommen** (Löhne, Gewinne, Mieten, Zinsen etc.)
  - **sekundäre Einkommensverteilung durch staatliche Umverteilung:** Umwandlung von Sozialversicherungsbeiträgen und Steuern in Versicherungs- und Transferleistungen (z. B. Kindergeld); Steuerprogression („Besserverdiener" werden stärker belastet, Spitzensteuersatz von 42 % ab einem zu versteuernden Jahreseinkommen von 58 597 Euro, 2022); Reichensteuer für sehr hohe Einkommen (Steuersatz von 45 % ab Jahreseinkommen von 277 826 Euro, 2022)

- **Kritik an der gegenwärtigen Einkommensumverteilung:** Leistungsfeindlichkeit aufgrund von Konstellationen, in denen es fraglich ist, ob sich Arbeit lohnt, da die Entlohnung nur minimal über den staatlichen Transferleistungen liegt → Gegensteuerung durch **Mindestlohn**

Grundsätze der Besteuerung (eA)

Mögliche Besteuerungsobjekte

- **Einkommen:** Berücksichtigung wirtschaftlicher Leistungsfähigkeit
- **Vermögen:** Problem doppelter Besteuerung (ursprüngliches Einkommen bereits versteuert)
- **Konsum:** effizient, aber überproportionale Belastung von Geringverdienern aufgrund höherer Konsumquote (= Anteil der Konsumausgaben am verfügbaren Einkommen)

Grenzen der Besteuerung

- **Lafferkurve:** Steueraufkommen steigt zwar mit zunehmender Steuerbelastung zunächst an, ab einem kritischen Wert aber stagniert bzw. sinkt es (Vermeidungsstrategien der Steuerzahler nehmen zu, z. B. Nutzen von Steueroasen und anderen Steuerschlupflöchern)
- **wirtschaftspolitische Grenze:** Bremswirkung auf die Wirtschaftstätigkeit
- **psychologische Grenze:** Steuerflucht
- **gesetzliche Grenze:** Recht auf Eigentum (Art. 14 GG); Faustformel (sog. Halbteilungsgrundsatz; Auslegung durch das Bundesverfassungsgericht): Gesamtbelastung maximal 50 %

Ausgestaltung des Steuersystems in Deutschland

- **Prinzip der Leistungsfähigkeit:**
  - Orientierung in erster Linie an Konsum und Einkommen (abhängig von Steuerart)
  - **Ziel:** gerechte Verteilung der Gesamtsteuerlast
  - **progressives Steuersystem:** Besteuerung höherer Einkommen mit höheren Prozentsätzen
- Berücksichtigung **gesellschaftlicher Leistung** (z. B. Ehegattensplitting, Kinderfreibeträge)
- **Kritik am deutschen Steuersystem:** überproportional hohe Belastung für Verdiener mittlerer Einkommen („Mittelstandsbauch"); komplizierte und teure Erhebung

Diskussion: Bedingungsloses Grundeinkommen? (eA)

- **staatliche Transferleistung** (also ohne Gegenleistung), die jeder Bürger unabhängig von seinen Einkommens- und Vermögensverhältnissen ohne Bedarfsprüfung erhält
  → **Ziel:** Garantie einer materiellen Grundlage für moderne Freiheitsrechte
- unterschiedliche Modellvarianten
- steht im **Widerspruch zum Leistungsprinzip** des aktuellen Sozialsystems (Grundsicherung abhängig von der Arbeitsbereitschaft)
- Beurteilung anhand der Grundwerte der Sozialen Marktwirtschaft (**Freiheit**, **Gerechtigkeit**, **Sicherheit**)
- **Pro:** Förderung der individuellen Freiheit und Verantwortung; Entlastung von Haushalten mit geringem Einkommen; weniger Bürokratie; kein Zwang, prekäre Jobs anzunehmen; zeitgemäße Reaktion auf digitalisierte Arbeitswelt, die menschliche Arbeitskraft teils überflüssig werden lässt
- **Contra:** Finanzierung; fehlende Leistungsanreize; keine bedarfsgerechte Umverteilung möglich

Auf einen Blick

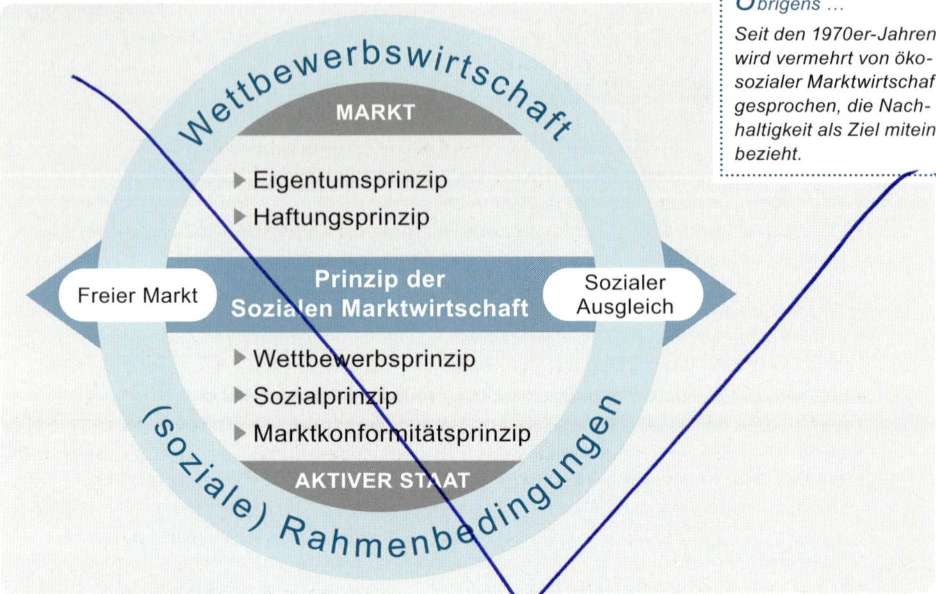

Übrigens …

Seit den 1970er-Jahren wird vermehrt von ökosozialer Marktwirtschaft gesprochen, die Nachhaltigkeit als Ziel miteinbezieht.

Begriffsabgrenzung

- **Wirtschaftssystem:** theoretisches Konstrukt; in der Theorie zwei „Reinformen“:
  - **freie Marktwirtschaft:** individualistisches System; Marktmechanismus; Koordination von Angebot und Nachfrage durch den Preis als „unsichtbare Hand des Marktes“ (Adam Smith)
  - **Planwirtschaft/Zentralverwaltungswirtschaft:** kollektivistisches System; staatliche Koordination, vor allem des Angebots; staatliche Preisfestlegung
- **Wirtschaftsordnung:** Gesamtheit der **realen Rahmenbedingungen** (Rechtsnormen, Institutionen) für wirtschaftliches Handeln in einer Volkswirtschaft
- „Reinformen“ existieren real nicht, es überwiegen Elemente eines Wirtschaftssystems: z. B.
  - Planwirtschaft: bis 1990 dominierend in den meisten **sozialistischen/kommunistischen Staaten** im Einflussgebiet der ehemaligen Sowjetunion und **China**; noch heute in **Nordkorea**
  - freie Marktwirtschaft: dominierend in der Wirtschaftsordnung der **USA**
- **Kritik an der Planwirtschaft:** Bedürfnisse sind nicht langfristig planbar → Mängel in der Güterversorgung; Schwarzmarkt; Unwirtschaftlichkeit; Fehlproduktion; mangelnde Anreize; wenig Innovation mangels Wettbewerb
- **Kritik an freier Marktwirtschaft:** Leistungsprinzip sorgt für soziale Härten; keine sozialen Mindeststandards; mögliche Ausschaltung des Wettbewerbs durch Kartellbildung
- **Wirtschaftsordnung in Deutschland:** nach dem Zweiten Weltkrieg Entscheidung für ein marktwirtschaftliches System mit sozialen Rahmenbedingungen: **Soziale Marktwirtschaft**

Der „dritte" Weg

Bestimmungen des Grundgesetzes

- im Grundgesetz zwar keine konkrete Wirtschaftsordnung benannt, allerdings Tendenz zur **Marktwirtschaft mit freiem Wettbewerb** erkennbar
- **relevante Grundrechte** für diese Interpretation: v. a. Art. 9 (Vereinigungsfreiheit), Art. 11 (Freizügigkeit), Art. 12 (Berufsfreiheit), Art. 14 (Privateigentum)
- ABER: Zusatzforderung im Grundgesetz: **sozialer Ausgleich** und **Nachhaltigkeit**
  - Art. 14: Sozialpflichtigkeit des Eigentums
  - Art. 20/Art. 28: Bundesrepublik als sozialer Bundes- und Rechtsstaat (Sozialstaatsprinzip)
  - Art. 20a: Schutz der natürlichen Lebensgrundlagen und der Tiere
  - Art. 72: gleichwertige Lebensverhältnisse im Bundesgebiet

  → Verwirklichung dieser Forderungen durch die **Soziale Marktwirtschaft**

Soziale Marktwirtschaft

- benannt und geprägt von Müller-Armack (u. a. Leiter der Grundsatzabteilung des Wirtschaftsministeriums); umgesetzt von Ludwig Erhard (Wirtschaftsminister, Bundeskanzler 1963–1966)
- **Definition:** Verbindung der Freiheit auf dem Markt mit dem Prinzip des sozialen Ausgleichs im Rahmen einer Wettbewerbswirtschaft
- **Ziele:**
  - gesellschaftspolitisch: Freiheit, Gerechtigkeit, Sicherheit **(Grundwerte der Sozialen Marktwirtschaft)**
  - wirtschaftspolitisch: fixiert im Stabilitätsgesetz → **Magisches Viereck** (siehe S. 26 ff.)
- Rolle des Staates: **aktiver Staat** als Garant für Wohlstand und Sicherheit (keine Reduzierung auf sog. „Nachtwächterstaat")
- **Aufgaben des Staates:** u. a. Garantie des Eigentums an Produktionsmitteln, Sicherung des Wettbewerbs, Konjunktur- und Wachstumspolitik, Umverteilung und soziale Sicherung, Erhalt einer lebenswerten Umwelt

Prinzipien der Sozialen Marktwirtschaft

- **Eigentumsprinzip:** Grundlage wirtschaftlicher Freiheiten; Recht auf Privateigentum an Konsumgütern und Produktionsmitteln; Recht, aus Eigentum Nutzen zu erzielen
- **Haftungsprinzip:** Eigenverantwortung; Verantwortung für wirtschaftlichen Misserfolg
- **Wettbewerbsprinzip:** freie Konkurrenz der Unternehmen um die Nachfrage; Wettbewerbsordnung/staatliche Sicherung des Wettbewerbs (z. B. durch Verhindern von Wettbewerbsverzerrungen infolge von Kartellbildung)
- **Sozialprinzip:** soziale Sicherung (z. B. durch die Sozialversicherung); Sozialtransfers bei Bedürftigkeit (z. B. Hartz IV); aber: Forderung nach Eigeninitiative und Eigenverantwortung
- **Marktkonformitätsprinzip:** möglichst keine Eingriffe des Staates in das Marktgeschehen; Vorrang von Maßnahmen, die den **Markt nicht stören**; Vertragsfreiheit; freie Preisbildung auf dem Markt (→ Spannungsverhältnis zwischen Marktkonformitäts- und Sozialprinzip)
- Grundprinzipien Eigentums- und Haftungsprinzip werden flankiert durch Prinzipien, die sich auf **Umfang und Form staatlicher Eingriffe** beziehen

Auf einen Blick

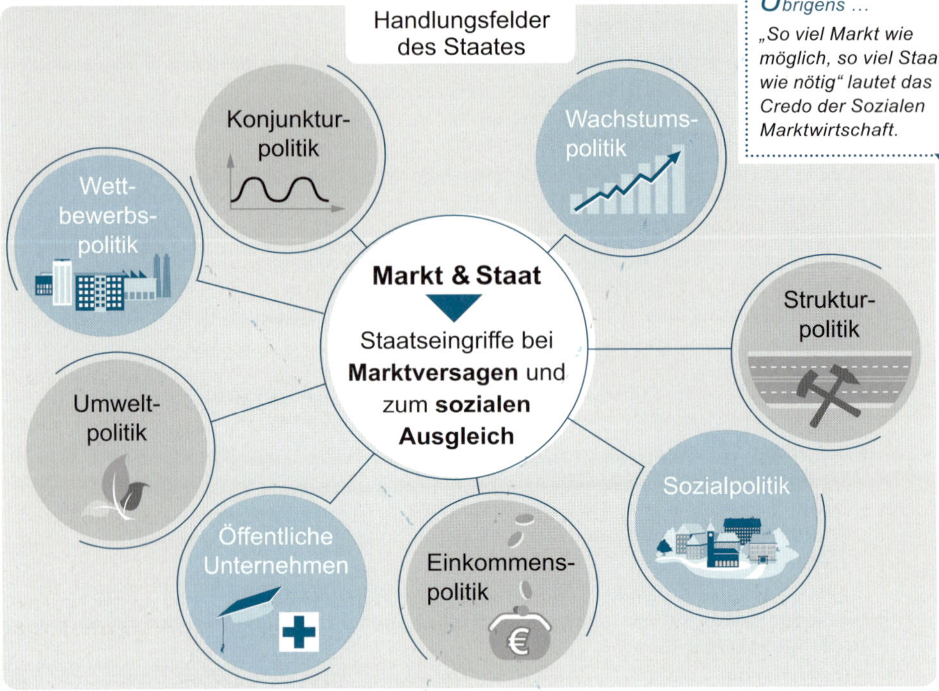

Übrigens …

„So viel Markt wie möglich, so viel Staat wie nötig" lautet das Credo der Sozialen Marktwirtschaft.

Der Staat in der Sozialen Marktwirtschaft

- **Aufgabe des Staates:** Schaffen eines **Ordnungsrahmens** (Ordnungspolitik) → Gesetze, Regeln und Institutionen, die den Rahmen für eine Marktwirtschaft vorgeben („Spielregeln"); langfristige Planungsgrundlage
- **Rolle des Staates:** Zurückhaltung; Eingreifen nur, wenn **Marktversagen** droht und zur **Unterstützung** der Schwächeren der Gesellschaft (soziale Sicherheit/Gerechtigkeit)

Zentrale Handlungsfelder staatlicher Eingriffe

Sicherung des Wettbewerbs/Wettbewerbspolitik

- Funktionen des Wettbewerbs: u. a. Innovations-, Allokations-, Marktausgleichsfunktion
- Herstellung und Erhalt eines „echten" Wettbewerbs als ordnungspolitische Aufgabe → **Wettbewerbsschutz:** z. B. Befugnisse zur Wettbewerbsaufsicht durch die Kartellbehörde; Kartellgesetz → Fusionskontrolle, Verhindern von Kartell- und Monopolbildung
- **Verbraucherschutzpolitik** als ordnungspolitische Antwort auf Marktversagen: z. B. Informationspflichten, Vertragsrecht (AGBs, Widerrufsmöglichkeiten, Gewährleistungsrecht)

Konjunkturpolitik

siehe S. 25

Wachstumspolitik

siehe S. 25

Strukturpolitik

siehe S. 25

Sozialpolitik/Soziale Sicherung

- Sozialpolitik nach dem **Subsidiaritätsprinzip:** der Staat greift ein, wenn sich die Menschen nicht mehr selbst helfen können, und gibt „Hilfe zur Selbsthilfe“ (z. B. Hartz IV)
- System der Sozialversicherungen zur **Absicherung gegen Lebensrisiken**
- **Arbeitsschutzbestimmungen:** z. B. Kündigungsschutzgesetz, Arbeitszeitgesetz
- **Arbeitnehmerstärkung:** Freiheit, Tarifverhandlungen zu führen und Betriebsräte zu gründen

Einkommenspolitik

- Umverteilung durch **Steuerprogression**
- Berücksichtigung der sozialen Verhältnisse durch **Steuerklassen**
- Unterstützung des Vermögensaufbaus durch **staatliche Leistungen:** Spar-, Bausparförderung

Öffentliche Unternehmen

- Bereitstellung **„öffentlicher Güter“**, die nicht privatwirtschaftlich angeboten werden, da unter den Bedingungen der **Nichtrivalität** und **Nichtausschließbarkeit** keine Zahlungsbereitschaft besteht; z. B. Hochwasserschutz, Straßenbeleuchtung
- Bereitstellung **„meritorischer Güter“**, die aufgrund ihrer gesellschaftlichen, politischen oder gesamtwirtschaftlichen Relevanz vom Staat zur Verfügung gestellt oder subventioniert werden (z. B. Schulen, Krankenhäuser, schnelle Internetanschlüsse)

Umweltpolitik

- Auflagen und Verbote
- **Internalisierung** externer **Kosten** nach dem **Verursacherprinzip** → Setzen ökonomischer Anreize für die Wirtschaftssubjekte, die Kosten zu minimieren, durch:
  - **Lenkungssteuern** (z. B. Ökosteuer)
  - **Emissionshandel:** Ausgabe von Emissions-Zertifikaten an die Unternehmen; jede Tonne CO_2-Ausstoß muss abgedeckt sein; Kauf und Verkauf dieser Rechte von einzelnen Unternehmen
- **Subventionierung** erwünschten Verhaltens
- **Verhaltenssteuerung** durch z. B. Erziehung, Vorbildfunktion, Selbstverpflichtung, Informationspolitik, „Nudges“ (Anstupser)

Wirtschaftspolitik

Auf einen Blick

Übrigens … Bei allen Maßnahmen des Staates müssen Entwicklungen im Ausland, vor allem in Ländern, mit denen weitreichende Beziehungen bestehen, berücksichtigt werden.

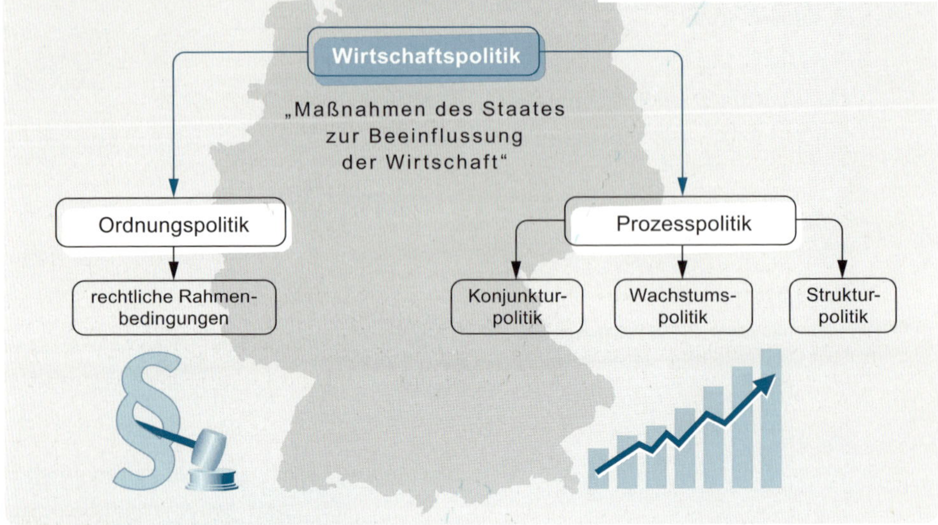

Bereiche der Wirtschaftspolitik

- Wirkung von **Wirtschaftspolitik:** Einflussnahme des Staates auf das „Wirtschaften", also das Bereitstellen von Gütern unter Knappheit
- Berücksichtigung von **Entwicklungen im Ausland** aufgrund weltweiter Verflechtungen (z. B. Ex-/Import) wichtig
- Unterteilung in Ordnungs- und Prozesspolitik
- **Ordnungspolitik:** bezieht sich auf Rahmenbedingungen (Wirtschaftsordnung eines Landes)
- **Prozesspolitik:** nimmt direkt Einfluss auf Wirtschaftsprozesse und wird unterteilt in
  - Konjunkturpolitik
  - Wachstumspolitik
  - Strukturpolitik

Maßnahmen der Ordnungspolitik

- **Maßnahmen:** Gesetze, Regeln und Institutionen, die den Rahmen für eine Marktwirtschaft vorgeben
- **Zielsetzung** in Deutschland: **freier Markt** und **sozialer Ausgleich** (Soziale Marktwirtschaft)

- **anerkannte Maßnahmen/Institutionen** aus ordnungspolitischer Sicht:
  - **Wettbewerbsschutz:** z. B. Befugnisse zur Wettbewerbsaufsicht durch die Kartellbehörde
  - Sozialpolitik nach dem **Subsidiaritätsprinzip**
  - **Arbeitnehmerstärkung**
  - **unabhängige Notenbank**

Maßnahmen der Prozesspolitik

Konjunkturpolitik

- **Ziel:** Vermeidung von **Konjunkturschwankungen** (Rezession, Inflation)
- Anwendung fiskalpolitischer und geldpolitischer Maßnahmen
- Beispiele für **fiskalpolitische Instrumente:**
  - Erhöhung der Staatsnachfrage (mehr staatliche Investitionen)
  - Setzen von Anreizen für private Konsum- oder Investitionsnachfrage (z. B. Steuersenkungen)
- Beispiele für **geldpolitische Instrumente:**
  - Veränderung der Geldmenge
  - Veränderung der Zinssätze

  → durch eine Erhöhung/Senkung der Geldmenge bzw. eine Erhöhung/Senkung der Zinssätze wird auf das Ausgabeverhalten der Haushalte Einfluss genommen; wer mehr Geld zur Verfügung hat bzw. sich billig Geld leihen kann und wenig Zinsen auf Ersparnisse bekommt, neigt vermehrt zum Konsum

Wachstumspolitik

- **Ziel:** positive Beeinflussung des **Pro-Kopf-Bruttoinlandsprodukts**
- Ausrichtung der Maßnahmen auf Faktoren, **die positive Wachstumsbedingungen** erzeugen
- Beispiele:
  - stabiles politisches System
  - flexibler Arbeitsmarkt
  - angemessener sozialer Ausgleich
  - solide Staatshaushalte

Strukturpolitik

- umfasst regionale und sektorale Maßnahmen
- Ziel der **regionalen Strukturpolitik:** Verringerung der Nachteile ländlicher Gebiete (z. B. Ausbau von Infrastruktur, Schaffung von Investitionsanreizen, Subventionen)
- Ziel der **sektoralen Strukturpolitik:** Strukturwandel soll sozial aufgefangen werden (z. B. Subventionen für absterbende Industriezweige)

  → Unterscheidung zwischen nachsorgender Strukturpolitik (z. B. Subventionen für Bereiche, denen es schlecht geht) und vorausschauender Strukturpolitik (z. B. Förderungen für zukunftsträchtige Bereiche, Forschungssubventionen)

Auf einen Blick

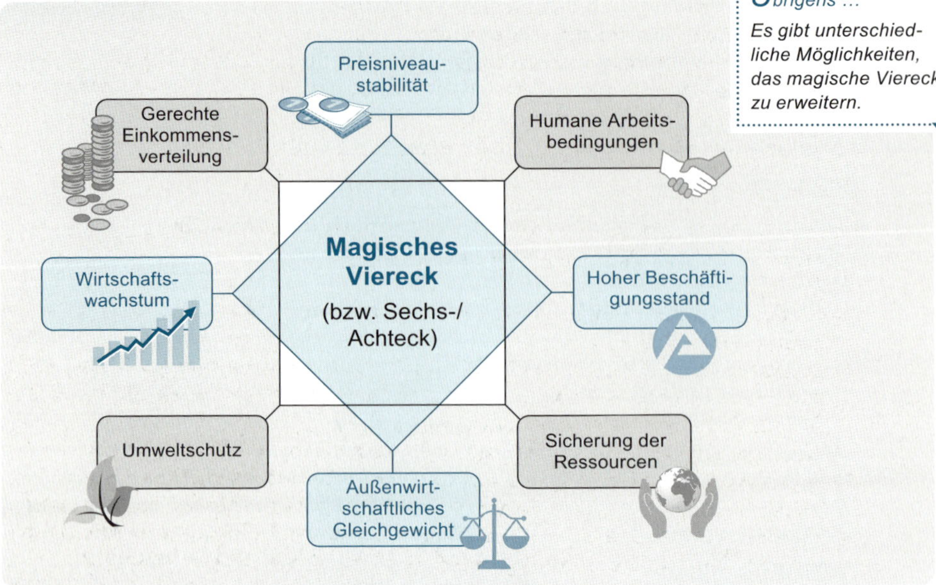

Übrigens …

Es gibt unterschiedliche Möglichkeiten, das magische Viereck zu erweitern.

Stabilitäts- und Wachstumsgesetz (StabG, 1967)

- fasst die wirtschaftspolitischen Ziele der **Sozialen Marktwirtschaft** zusammen
- **Hintergrund:** „Überhitzung" der Wirtschaft (1965/1966) → **starke Preissteigerungen** → Forderung nach einer **aktiven Wirtschaftspolitik**
- **Zielsetzungen:** Wirtschaftswachstum, stabiles Preisniveau, hoher Beschäftigungsstand, außenwirtschaftliches Gleichgewicht → **Magisches Viereck**

Stetiges und angemessenes Wirtschaftswachstum

- **Grundannahme:** ökonomisches Wachstum verbessert menschliche Lebensbedingungen
- wichtigste Maßzahl: **Bruttoinlandsprodukt (BIP)**
  - **Definition: Summe aller Marktpreise** der in einem bestimmten Zeitraum (meistens ein Jahr) in einem Land **für den Endverbrauch** produzierten Waren und Dienstleistungen
  - BIP folgt dem **Inlandskonzept:** Wert der wirtschaftlichen Vorgänge innerhalb der Landesgrenzen unabhängig von der Nationalität der Handelnden
  - mögliche **Differenzierung: räumlich** (z. B. Bundesländer), **zeitlich** (z. B. Jahre), **sektoral** (z. B. Wirtschaftssektoren), **in Bezug zur Bevölkerungszahl** (z. B. BIP pro Kopf)
  - Unterscheidung von **nominalem** und **realem** (preisbereinigtem) **Wachstum**
- politisch erwünscht: Wachstum von **mind. 2 %** des realen BIP („Beschäftigungsschwelle", darunter i. d. R. keine Effekte auf dem Arbeitsmarkt)

Preisniveaustabilität

- **Preisfunktionen:**
  - Signal-/Indikatorfunktion: Preise zeigen Knappheit an
  - Allokationsfunktion: Produktionsfaktoren werden auf Märkte mit höchstem Preis gelenkt
  - Selektionsfunktion: Wegfall von Unternehmen/Kunden, die sich den Preisen nicht anpassen
  - Messfunktion: Vergleichbarkeit durch Preise
- **Ziel:** Verhinderung von Inflation und Deflation; **konstante Kaufkraft**

Inflation

- **Definition:** Prozess, bei dem die Preise steigen und Kaufkraft verloren geht
- **Grenzwert der EZB:** Preisniveausteigerung von 2 %
- **Inflationstypen:**
  - geldmengeninduzierte Inflation: Erhöhung der Geldmenge z. B. durch den Staat bei gleichbleibendem Güterangebot
  - angebotsinduzierte Inflation: Preissteigerungen der Unternehmen z. B. aufgrund steigender Kosten oder fehlenden Wettbewerbs → Problem: zusätzliche Erhöhung der Löhne (z. B. durch Gewerkschaftsverhandlungen) → **Lohn-Preis-Spirale**
  - nachfrageinduzierte Inflation: Preissteigerungen aufgrund stark erhöhter Nachfrage
  - importierte Inflation: Übertragung aus dem Ausland, z. B. durch erhöhte Rohstoffpreise
  - gefühlte Inflation: Verbraucher können eine Inflation anders empfinden, als sie gemessen wird
- **Folgen der Inflation:** Störung der Signalfunktion von Preisen, Fehlallokation der Ressourcen
  - **Beispiele für Verlierer:** Sparer, Bezieher fester Einkommen, Gläubiger, Importeure
  - **Beispiele für Gewinner:** Eigentümer (z. B. Immobilien), Schuldner (z. B. Staat als Schuldner)

Deflation

- **Definition:** Prozess, bei dem die Preise sinken und die Kaufkraft zunimmt
- **Folgen der Deflation:** Verschiebung von Investitions- und Kaufentscheidungen in die Zukunft (Hoffnung auf weiter sinkende Preise) → sinkende Kapazitätsauslastung → mehr Unternehmensinsolvenzen → Entlassungen

Preisniveau

- **Berechnung:** Ermittlung eines Verbraucherpreisindex **(VPI)** auf Grundlage eines **Warenkorbs** (typische Waren und Dienstleistungen, die ein durchschnittlicher Haushalt nutzt) und eines **Wägungsschemas** (Gewichtung der Warengruppen) → in der EU wird zu Vergleichszwecken ein Harmonisierter Verbraucherpreisindex (HVPI) mit einheitlichen Methoden erhoben
- **Beispiel:** Preisindex von 103 → Teuerungsrate von 3 % gegenüber Basisjahr

EZB als „Hüterin der Währung"

Leitzins als zentrales Instrument der Geldpolitik:

- bei inflationärer Entwicklung: **Erhöhung des Leitzinses** („sich Geld leihen wird teurer") → Nachfrage nach Waren und Dienstleistungen geht zurück; Preise steigen nicht weiter
- bei deflationärer Entwicklung: **Senkung des Leitzinses** („sich Geld leihen wird billiger") → Nachfrage nach Waren und Dienstleistungen steigt, Preise steigen

Hoher Beschäftigungsstand

- **Grundannahme:** hohe Beschäftigung und damit niedrige Arbeitslosigkeit wirken sich positiv auf die Wirtschaft und die Lebensbedingungen der Menschen aus
- **Definition von Arbeitslosigkeit nach der Bundesagentur für Arbeit (BA):**
  - arbeitslos gemeldete, in Deutschland lebende Personen zwischen 15 und 65 bzw. 67 Jahren, die gar nicht oder maximal 15 Stunden arbeiten und sich bemühen, eine Arbeit zu finden (keine Studierenden) → Erhebung durch **Registrierung bei BA**
  - **Personen, die nicht erfasst werden:** Teilnehmer arbeitsmarktpolitischer Maßnahmen, nicht arbeitslos gemeldete Personen **(„Stille Reserve")**, arbeitsunfähige Personen, Aufstocker (ALG II zusätzlich zur Arbeit)
- **Berechnung von Arbeitslosigkeit:**

$$\text{Arbeitslosenquote} = \frac{\text{registrierte Arbeitslose}}{\text{Erwerbstätige} + \text{registrierte Arbeitslose}} \cdot 100\,\%$$

- **Typen von Arbeitslosigkeit:**
  - **friktionelle** Arbeitslosigkeit: zwischen zwei Arbeitsstellen, kurz, konjunkturunabhängig
  - **saisonale** Arbeitslosigkeit: jahreszeitabhängig (z. B. Baugewerbe), bis neun Monate
  - **konjunkturelle** Arbeitslosigkeit: abhängig von Konjunkturschwankungen, Dauer entsprechend des Konjunkturzyklus (ca. ein bis drei Jahre)
  - **strukturelle** Arbeitslosigkeit: geht über konjunkturelle Arbeitslosigkeit hinaus; Untergliederung in regionale (z. B durch Abwanderung), sektorale (z. B. durch Strukturwandel), institutionelle (z. B. durch arbeitsrechtliche Regelungen) und **Mismatch-Arbeitslosigkeit** (Nachfrage und Angebot an Stellen passen nicht zusammen)
- **Folgen von Arbeitslosigkeit:**
  - **individuell:** psychische Belastung, finanzielle Belastung
  - **volkswirtschaftlich:** Mehrausgaben und Mindereinnahmen
  - **politisch:** Gefahr radikaler Entwicklungen

Außenwirtschaftliches Gleichgewicht

- **Grundannahme:** negative Folgen eines dauerhaften außenwirtschaftlichen Ungleichgewichts für Überschussländer (z. B. importiere Inflation durch Überschuss an Devisen aus Exporten) und Defizitländer (z. B. Gefahr der Überschuldung im Ausland mit Krediten, die für die Importe benötigt werden)
- **Definitionen:**
  - **1. Möglichkeit:** langfristig ausgeglichene Leistungsbilanz eines Landes (alle Ausgaben und Einnahmen inklusive Im- und Exporte)
  - **2. Möglichkeit:** Außenbeitrag (Saldo der Ex- und Importe) gleicht den Saldo der laufenden Übertragungen (internationale Zahlungen ohne direkte Gegenleistung) langfristig aus
  - **3. vereinfachte Möglichkeit:** ausgeglichener Außenbeitrag (Export = Import)
- **Grenzwert:** meist Außenbeitrag (Exporte – Importe) von 2 % des BIP

- **Ursachen** von außenwirtschaftlichem **Ungleichgewicht:**
  - **Überschussländer** (z. B. Deutschland): z. B. Import billiger Rohstoffe → Veredelung zu Endprodukt → Export des Endprodukts → Wert der exportierten Waren höher als Wert der importierten Rohstoffe
  - **Defizitländer** (z. B. USA): u. a. Präferenz für ausländische Produkte
- **Debatte** um Überschuss und Defizit:
  - **Kritik an Defizitländern:** Gefahr der Zahlungsunfähigkeit durch Überschuldung, Gefahr hoher Arbeitslosigkeit wegen mangelnder eigener Produktion
  - **Kritik an Überschussländern:** Gefährdung anderer Länder (dort entstehen Defizite) → Überschuss von mehr als 6 % des BIP wird als stabilitätsgefährdend angesehen

Erweiterung zum Sechs-(oder Acht-)eck

mögliche Ziel-Erweiterungen zum **Magischen Sechseck bzw. sogar Achteck:**
- gerechte Einkommens- und Vermögensverteilung
- Erhalt einer lebenswerten Umwelt
- humane Arbeitsbedingungen
- intergenerationale Gerechtigkeit/Sicherung der Ressourcen

Zielbeziehungen

- Bezeichnung **„Magisches" Vier-/Sechseck**: gleichzeitiges Erreichen aller Zielsetzungen nahezu unmöglich
- mögliche **Zielbeziehungen:** Neutralität (kein Einfluss), Harmonie (positiver Einfluss), Konflikt (negativer Einfluss)
  - Beispiel für **Zielneutralität:** Förderung des Beschäftigungsstands hat in Zeiten der Rezession aufgrund geringer Kapazitätsauslastung keinen Einfluss auf die Preisniveaustabilität
  - Beispiel für **Zielharmonie** (Komplementarität): Förderung des Wirtschaftswachstums hat in der Regel einen positiven Einfluss auf den Beschäftigungsstand
  - Beispiel für **Zielkonflikt** (Inkomplementarität): Förderung des Beschäftigungsstands kann durch die vermehrte Nachfrage bei begrenztem Angebot zu Preissteigerungen führen

Wirtschaftswachstum (eA)

Auf einen Blick

Übrigens … Der Tiefstand wird manchmal auch als Depression bezeichnet. Dieser Begriff steht jedoch normalerweise für eine ungewöhnlich langanhaltende Wirtschaftskrise.

Wirtschaftswachstum

- **Definition:** Änderung des Bruttoinlandsprodukts (ΔBIP) gegenüber der Vorperiode

$$\Delta\,BIP = \frac{BIP_{aktuell} - BIP_{Vorjahr}}{BIP_{Vorjahr}} \cdot 100\,\%$$

- **Basiseffekt:** Höhe des Wirtschaftswachstums ist nicht nur vom absoluten **Zuwachs** abhängig, sondern auch vom **Ausgangswert**; steigt dieser an, so bedeuten u. U. auch niedrigere Zuwachsraten ein höheres absolutes Wachstum bzw. bei niedrigem Ausgangswert ergibt ein geringes absolutes Wachstum schon eine hohe Wachstumsrate

Konjunkturzyklus

- **Konjunkturzyklen:** Schwankungen des Wirtschaftswachstums auf lange Sicht
- wirtschaftspolitische Beeinflussung des Wirtschaftswachstums auf makroökonomischer (gesamtwirtschaftlich) und auf mikroökonomischer (einzelne Wirtschaftssubjekte) Ebene möglich:
  - **Makroökonomie:** aggregierte Größen als Grundlage
  - **Mikroökonomie:** Verhalten einzelner Wirtschaftssubjekte als Grundlage, wobei diese typischerweise modellhaft vereinfacht werden (z. B. Homo oeconomicus)
- Beispiel für eine **Wirkungskette:** Leitzinssenkung (Makroebene) → Senkung der Bankenzinsen (Mikroebene) → vermehrte Kreditaufnahme/Investitionen der Unternehmen → vermehrte Produktion → steigende Nachfrage nach Humankapital usw.

- **die vier Phasen eines Konjunkturzyklus:**
  - **Aufschwung:** steigende Produktion → zunehmende Beschäftigung → steigendes Einkommen → erhöhter Konsum → mehr Steuereinnahmen
  - **Boom:** Produktion in Richtung Vollauslastung → durch die gestiegene Gesamtnachfrage (Aufschwung) kann es zu Produktionsengpässen kommen → Preissteigerungen
  - **Abschwung (Rezession):** Preissteigerungen (Boom) → Nachfragerückgang → BIP sinkt
  - **Tiefstand:** Nachfragerückgang (Abschwung) → Produktion sinkt → weniger Bedarf an Arbeitskräften → sinkende Löhne und/oder Entlassungen → weitere Konsumabnahme
  - erneuter Aufschwung: in einer Rezession neigen die Wirtschaftssubjekte vermehrt zum Sparen, sodass die Einlagen der Banken zunehmen → Banken bieten Geld zu günstigeren Zinsen an → Investitions- bzw. Konsumlust von Unternehmen und auch privaten Haushalten steigt → die Wirtschaft wächst wieder
- Ablauf nur ein **Modell:** in der Realität Einwirken weiterer Faktoren, z. B. psychologische Faktoren/Pessimismus, Bevölkerungsentwicklung (Bevölkerungszuwachs → mehr Konsum → mehr Produktion → Zunahme des BIP), wirtschaftspolitische Maßnahmen

Die Wachstumsdebatte

- **„Pro“** quantitatives Wirtschaftswachstum:
  - Erhöhung des **Wohlstands** und des **Lebensstandards** der Gesellschaft
  - Abschwächung des **Generationenkonflikts**
  - größerer staatlicher **Handlungs-/Finanzierungsspielraum:** Abschwächung sozialer Konflikte
  - größerer **Investitionsspielraum** der Unternehmen: Investitionen in Forschung und Entwicklung, in Mitarbeiterqualifikation und Produkte führen zu Fortschritt und Wettbewerbsfähigkeit
- **„Kontra“** quantitatives Wirtschaftswachstum:
  - Umweltschäden
  - hoher Ressourcenverbrauch
  - oft Verschärfung der Kluft zwischen Arm und Reich

Kritik am BIP als wichtigste Messgröße für Wachstum und Wohlstand

- keine Erfassung von Gütern/Dienstleistungen, die **nicht auf Märkten** gehandelt werden (z. B. Hausarbeit, Kindererziehung/Altenbetreuung zu Hause, Schwarzarbeit)
- keine Berücksichtigung **höherer Bedürfnisebenen** (z. B. Bedürfnis nach Sicherheit, Anerkennung, Selbstverwirklichung → Arbeitsbedingungen)
- keine Beachtung der **Qualität** der Produkte/Dienstleistungen
- keine Berücksichtigung der **Einkommensverteilung** (z. B. hohes BIP in Ölförderländern wie Kuwait bei verbreiteter Armut in der Gesellschaft)
- keine Erfassung **sozialer Kosten** (z. B. Atemwegserkrankungen durch Luftverschmutzung)
- positive Berücksichtigung von **Aufwendungen zur Beseitigung von Umweltschäden** oder **Unfallschäden** (Reparaturleistungen), obwohl sie lediglich verlorene Werte wiederherstellen → Umweltschäden sorgen letztlich für ein steigendes BIP (z. B. Entsorgung verseuchter Böden)
- **Alternative:** qualitatives statt quantitatives Wirtschaftswachstum

Markt, Staat und Umwelt (eA)

Auf einen Blick

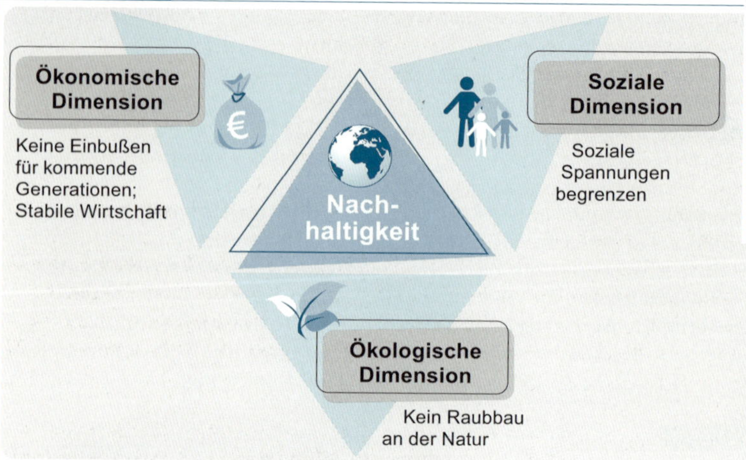

Übrigens …

Der Earth Overshoot Day 2021 fiel wie 2019 auf den 29. Juli, nachdem er sich 2020 infolge der Corona-Pandemie auf den 22. August verschoben hatte.

Wirtschaftswachstum vs. Umweltschutz

- Ausrichtung der Wirtschaftssysteme moderner Industriestaaten auf **Wirtschaftswachstum** bzw. **Steigerung des BIP**
  → **Folgen:** Umweltprobleme wie Luft- und Wasserverschmutzung durch erhöhte Schadstoffemissionen, Klimawandel, Übernutzung der Ressourcen
- **Spannungsverhältnis** zwischen Wirtschaftswachstum und Umweltschutz **(Zielkonflikt)**
- Schutz der Umwelt als zentrale Herausforderung des 21. Jahrhunderts
  → Umweltschutz und nachhaltiges Wirtschaften als politische Kategorien (Konzept einer **ökosozialen Marktwirtschaft**)
- **Probleme:**
  - häufig **Durchsetzung der Unternehmerinteressen:** divergierende Interessen von Umweltschützern und Wirtschaftsvertretern; politische Entscheidungsträger geben (im Interesse der Wiederwahl) häufig der Arbeitsplatzsicherung und der Abwendung konjunktureller Krisen Vorrang vor Umweltschutz
  - Marktversagen (siehe unten)

Marktversagen bei öffentlichen Gütern/Kollektivgütern

- **Marktversagen:** Marktmechanismus aus Angebot und Nachfrage führt nicht zu volkswirtschaftlich wünschenswerten Ergebnissen
- **Umweltgüter** (z. B. saubere Luft) als **„öffentliche" Güter**, von deren Konsum niemand ausgeschlossen werden kann (**Nichtausschließbarkeit**, d. h. ohne Gegenleistung konsumierbar) und die gleichzeitig von mehreren genutzt werden können **(Nichtrivalität)**

- **negative externe Effekte** durch **Trittbrettfahrerverhalten**; keine Zahlungsbereitschaft für entstehende Kosten, da sie die Allgemeinheit trägt (z. B. Waldschäden durch schlechte Luft)
- **Preisverzerrungen:** umweltbelastende Produkte/Produktion zu günstig → Übernutzung der Umweltgüter → Notwendigkeit von Staatseingriffen

Internationale Klimaabkommen

Kyoto I/II (1997/2012)

- Ratifizierung von 191 Staaten; **keine Unterzeichnung** von China und USA (weltgrößte Verursacher von CO_2-Emissionen)
- Verpflichtung 2008–2012: Reduktion des jährlichen **Treibhausgas-Ausstoßes** der Industrieländer um mindestens 5 %; nationale Einzelziele; Deutschland: Minderungsziel von 21 % (erfüllt!)
- 2012: **Verlängerung des Abkommens** bis 2020 (Folgeabkommen, siehe unten); einige Ausstiege: u. a. Kanada, Russland; Ziel: Verminderung des CO_2-Ausstoßes um 18 % gegenüber 1990

Pariser Abkommen (2015, Nachfolgeabkommen)

- Ziel: **Begrenzung der globalen Erwärmung** um deutlich unter 2°C (gegenüber dem vorindustriellen Zeitalter); nationale Selbstverpflichtung von 195 Staaten (völkerrechtlich bindend)
- **Einbindung aller Staaten** (nicht nur Industriestaaten!): Unterstützung der Entwicklungsländer durch finanzielle Mittel, Wissens- und Technologietransfer
- **Meilenstein:** Unterzeichnung von **China** und den **USA**; nach offizieller Austrittserklärung 2019 unter Präsident Trump sind die USA nach Amtseintritt von Joe Biden seit Februar 2021 wieder Teil des Pariser Abkommens

Alternatives Konzept der ökosozialen Marktwirtschaft

- **Ausgangslage:** Belastung des ökologischen Systems durch Wirtschaftswachstum (v. a. technologischer Fortschritt)
- Messungen der **ökologischen Marktwirtschaft:**
  - **ökologischer Fußabdruck:** misst, wie viele Ressourcen ein Mensch, ein Unternehmen oder ein Staat verbraucht → Abfall oder CO_2 werden z. B. in entsprechende Waldfläche umgerechnet, die nötig wäre, um das Aufkommen zu absorbieren
  - **Earth Overshoot Day:** Tag im Jahr, an dem die produzierte Biokapazität eines Jahres aufgebraucht ist → ab da wäre eine weitere Erde nötig (2016: 8. August; 2021: 29. Juli)
- **Nachhaltigkeit:** wichtige Funktion in der **ökosozialen Marktwirtschaft** → Ausgleich zwischen ökonomischen, ökologischen und sozialen Zielen
- grundlegende Strategie: **Markt für öffentliche Güter** schaffen
  - **individualpolitischer Ansatz:** umfassende Information der Konsumenten von Seiten des Staates; es wird davon ausgegangen, dass die Wirtschaftssubjekte ihr Handeln an diese Informationen anpassen (z. B. Verpflichtung zu Produktdeklarationen)
  - **ordnungsrechtlicher Ansatz:** Staat als administrative Instanz; Vergabe von Nutzungsrechten für Ressourcen
  - **marktwirtschaftlicher Ansatz:** die Verknappung von Umweltgütern wird durch Preissignale angezeigt → es gibt verschiedene Berechnungsweisen

Auf einen Blick

Übrigens … Island gilt nach dem Weltfriedensindex als das friedlichste Land der Erde. Deutschland besetzte 2020 Platz 18.

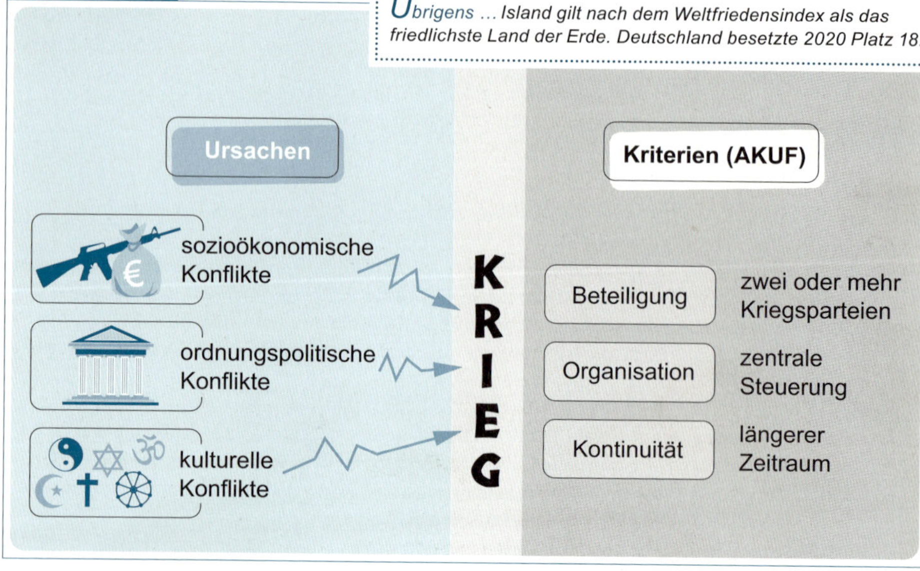

„Alte" und „neue" Kriege

- Definition von **„Krieg"** nach *AKUF* (Arbeitsgemeinschaft Kriegsursachenforschung) anhand der Kriterien **Beteiligung, Organisation und Kontinuität**:
  Krieg als gewaltsamer Massenkonflikt …
  – an dem **zwei oder mehr Kriegsparteien** beteiligt sind, darunter mindestens auf einer Seite reguläre Streitkräfte der Regierung
  und
  – bei dem ein Mindestmaß an **zentralgelenkter Steuerung** gegeben ist
  und
  – der sich kontinuierlich über einen **längeren Zeitraum** ereignet.
- Abgrenzung **„bewaffneter Konflikt"**: gewaltsame Auseinandersetzungen, bei denen die Kriterien der Kriegsdefinition nicht oder nicht in vollem Umfang gegeben sind (meist keine Kontinuität der Kampfhandlungen)

Erscheinungsformen von Kriegen

- **zwischenstaatliche** („klassische") Kriege Staat gegen anderen Staat
- **Bürgerkriege** (bewaffnete Auseinandersetzungen zwischen Bürgern eines Staates oder zwischen den Bürgern und dem Staat; häufig um politische und gesellschaftliche Verhältnisse zu ändern) Bürger vs. Bürger oder Bürger vs. Staat
- **Interventionskriege** (z. B. UN-Interventionskriege)

Merkmale „alter" Kriege

- bewaffnete Auseinandersetzung von **Nationalstaaten** („Fortsetzung der Politik mit anderen Mitteln")
- Kontrolle durch **politische Entscheidungsträger** („Primat der Politik")
- Kampf zwischen **Soldaten** (ohne direkte Beteiligung der Zivilbevölkerung)
- abgrenzbares Schlachtfeld
- **Symmetrie** der Gegner
- **formelle Kriegsbeendigung** (Friedensvertrag, Kapitulation)

Merkmale „neuer" Kriege (seit 1990)

- militärische Gewaltanwendung **innerhalb von Staaten** und **transnational** ohne formelle Kriegserklärung (v. a. Anti-Regime-Kriege, Sezessionskriege)
- „Primat der Gruppeninteressen": Destabilisierung politischer Kontrolle; Kriegsführung außerhalb von Regeln/Normen **(Entrechtlichung)**
- Kampf bewaffneter Volksgruppen, „Warlords" und parastaatlicher Einheiten etc. **(Privatisierung des Krieges)**
- Übergriffe auf die **Zivilbevölkerung** (Massaker, Plünderungen)
- keine Trennung zwischen Kampfgebiet und Hinterland
- **Asymmetrie** der Gegner (z. B. Guerillas gegen Staat)
- **kein klares Kriegsende**, allenfalls Verebben der Kampfhandlungen
- „neue Kriege": z. B. Afghanistan, Irakkrieg, „Arabellion", syrischer Bürgerkrieg, Mali, Nigeria, Sudan

→ **erschwerte Konfliktbewältigung** aufgrund diffuser Strukturen

Kriegsursachen

- **sozioökonomisch:**
  - Bedeutung von Ressourcen (z. B. Öl, Wasser) → Verteilungskämpfe/Rohstoffkonflikte
  - Struktur des Weltmarkts (z. B. Zentrum – Peripherie; „Handelsverlierer")
  - Asymmetrien der internationalen Beziehungen (z. B. Wohlstandsgefälle zwischen Industrie- und Entwicklungsländern)
- **ordnungspolitisch:**
  - Machtrivalitäten (inner-/zwischenstaatlich), Proliferation (Weiterverbreitung von atomaren, biologischen oder chemischen Massenvernichtungswaffen)
  - Staatsbildung, Staatszerfall („failing states")
- **kulturell:**
  - religiöse/ethnische Konflikte
  - kollektive Identitätskrisen
  - Militarisierung

→ In der Regel **Bündel an Ursachen** als Ausgangspunkt für einen gewaltsamen Konflikt/Krieg

Auf einen Blick

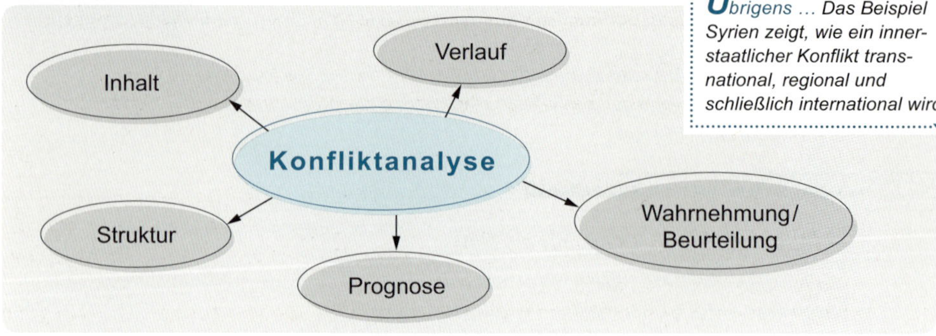

Übrigens … Das Beispiel Syrien zeigt, wie ein innerstaatlicher Konflikt transnational, regional und schließlich international wird.

Konfliktanalyse anhand von Kategorien und Leitfragen

Der Konfliktinhalt

- **Konfliktgegenstand:** Worum geht es in dem Konflikt? Was ist geschehen?
- **Konfliktparteien:** Wer ist an dem Konflikt beteiligt?
- **Betroffenheit:** Wer ist von diesem Konflikt betroffen?
- **Konfliktintensität:** Handelt es sich um einen verdeckten/offenen Konflikt, eine Krise, einen Krieg?

Der Konfliktverlauf

- **Geschichtlichkeit (Ursachen und Hintergründe):** Wie ist der Konflikt entstanden? Welche Rolle spielt die Geschichte?
- **Unterstützung/Sanktionen:** Wie verhalten sich die internationalen Akteure?

Die Konfliktstrukturen

- **Interessen/Ideologien:** Welche Interessen haben die Konfliktparteien?
- **Konfliktebene/Zusammenhang:** Auf welcher Ebene spielt sich der Konflikt ab (inner- oder zwischenstaatlich)?
  Sind internationale Organisationen involviert?
  Wie ist der Konflikt im Zusammenhang mit dem Weltfrieden und der Wirtschaft zu beurteilen?
- **Macht:** Wie sind die Machtverhältnisse?
  Welche Möglichkeiten haben die Konfliktparteien?

Die Konfliktprognose

- **Lösungsmöglichkeiten:** Welche rechtlichen Möglichkeiten gibt es?
- **Befriedung:** Gibt es Organisationen, die geeignet sind, die Befriedung des Konflikts zu leisten?

Wahrnehmung/Beurteilung des Konflikts

- **Grundrechte:** Wie ist der Konflikt unter dem Gesichtspunkt der Menschenwürde zu beurteilen?
  Wie ist der Krieg aus Sicht der betroffenen Menschen in der Region zu beurteilen?
- **Recht:** Welche Regelungen des Völkerrechts ermöglichen/beschränken das Handeln der Konfliktparteien?

Allgemeine Entwicklungstendenzen

- **Auflösung der Grenze zwischen inner- und zwischenstaatlichen Konflikten:** innerstaatliche Dimension zwischenstaatlicher Kriege; Tendenz zur Regionalisierung bzw. Internationalisierung innerstaatlicher Konflikte
- **zeitlicher Verlauf:** keine Kriegserklärung/kein offizielles Kriegsende; Phase zwischen Krieg und Frieden als Dauerzustand
- **Instrumentarium der Kriegsführung außerhalb militärischer Kampfformen:** z. B. Cyberangriffe, wirtschaftliche Sabotage, Propaganda, Anstachelung von Protesten in der Bevölkerung
- **Recht und Moral:** Zunahme von Menschen- und Völkerrechtsverletzungen; Brutalisierung der Auseinandersetzungen

→ **Hybride Kriegsführung:** Kombination konventioneller und irregulärer Kampfweisen in Verbindung mit terroristischen Aktionen und kriminellem Verhalten in einem Kampfgebiet

- **Überlagerung der Entwicklungstendenzen durch Russlands Angriff auf die Ukraine:** neuer „alter“ Krieg in Europa und Wiederaufleben des Kalten Krieges/Ost-West-Konflikts

Auf einen Blick

Invasion Russlands
(Februar 2022)

Angriffskrieg
(Verstoß gegen das Völkerrecht)

UKRAINE

- militärischer und ziviler Widerstand
- große Fluchtbewegung

Internationale Reaktionen

- Verurteilung der Aggression
- Wirtschaftssanktionen gegen Russland
- Unterstützungsleistungen
- unbürokratische Aufnahme von Flüchtlingen

Ziele:

- Waffenstillstand
- Friedensverhandlungen
- Verhinderung einer Ausweitung des Krieges

Übrigens …

der Historiker Andreas Wirsching sieht im Ukrainekrieg eine Zäsur in der Weltgeschichte und ein Ende der bisherigen Globalisierung.

Die Ukraine: Zwischen Ost und West

- **geografische Lage:** Osten von Europa; Nachbarländer: Polen, Belarus, Russland, Rumänien, Moldau, Ungarn, Slowakei
- **seit 1991 unabhängiger Staat**, zuvor unter der **Vorherrschaft der kommunistischen Sowjetunion** (Nachfolgestaat)
- **Regierungssystem:** parlamentarische-präsidiale Republik
- **politische Ausrichtung:** Orientierung an Russland (historisch bedingt v. a. im Osten des Landes) vs. Westausrichtung (Bestrebungen zur Mitgliedschaft in Nato, EU)
- **pro-russische Separatistenbewegungen** innerhalb der Ukraine

Verhältnis: Russland und Ukraine

- vermeintliche **Gebietsansprüche** und **sicherheitspolitische Interessen** Russlands → **Ziele**: Ausdehnung der Einflusszone im postsowjetischen Raum; Neugestaltung der euroatlantischen Sicherheitsordnung, insbesondere militärischer Rückzug der Nato → östliche Nato-Mitglieder (Estland, Lettland, Litauen, Polen, Rumänien, Bulgarien) als Pufferzone

Ukraine-Krise 2013/14: Separatistenbewegungen und Besetzung der Krim

- **„Euro-Maidan“:** pro-europäische Proteste in der Ukraine gegen den Kurs der Regierung, die zum Teil gewaltsam niedergeschlagen wurden (Anlass: Verweigerung eines Assoziierungsabkommens mit der EU durch die damalige Regierung unter dem Druck Russlands); Hauptschauplatz war der Maidan, ein zentraler Platz in Kiew → **Folge:** Flucht und Amtsenthebung des Präsidenten sowie Rücktritt der damaligen Regierung
- **Besetzung und Annexion der ukrainischen Halbinsel Krim durch Russland** (bis zu diesem Zeitpunkt autonome Republik innerhalb der Ukraine; bis heute keine internationale Anerkennung der Krim als Teil Russlands)
- Separatisten-Gebiete: **pro-russische Separatisten** bringen große Teile der ostukrainischen Gebiete Donezk und Luhansk unter Kontrolle → **Ausrufung der Volksrepubliken Donezk und Luhansk**; in der Folge Gefechte zwischen den von Russland unterstützten Separatisten und den ukrainischen Soldaten
- **Minsker Friedensabkommen:** Waffenstillstand und Abzug schwerer Waffen → wiederholte Missachtung; andauernde Kampfhandlungen

Entwicklungen seit 2014

- Wegbereitung eines **Nato-Beitritts** der Ukraine durch nachfolgende Regierung(en)
- **andauernde Auseinandersetzungen** in den Separatisten-Gebieten unter **Missachtung des Minsker Abkommens**
- Frühjahr 2021: **Stationierung russischer Truppen an der ukrainischen Grenze** → Abzug auf Druck „des Westens“; **erneuter Truppenaufmarsch im November**
- **diplomatische Verhandlungen** zwischen Russland und zahlreichen Nato-Staaten **scheitern**

Russland-Invasion 2022

- 21.2.22: Anerkennung der Separatistengebiete Luhansk und Donezk durch Russland; russische Truppenentsendung
- 24.2.22: **Invasion Russlands** in die Ukraine unter dem Vorwand des Schutzes russischer Staatsbürger in der Ukraine → **Verstoß gegen das Völkerrecht/Angriffskrieg**

Sicherheitspolitische Wende in den internationalen Beziehungen

- **Verurteilung** des russischen Angriffskriegs **mit großer Mehrheit in der UN-Versammlung**
- Wiederaufbrechen der **Ost-West-Konfrontation** (Aufrüstung)
- weitreichende humanitäre, ökonomische, finanzielle und politische Folgen; größte Fluchtbewegung seit Ende des Zweiten Weltkrieges
- **drastische (Wirtschafts-)Sanktionen** gegen Russland mit schwerwiegenden Auswirkungen auf die Weltwirtschaft (u. a. Problem der Abhängigkeit von russischen Energie-Lieferungen)
- Unterstützung der Ukraine (auch durch Waffenlieferungen), aber **keine direkten militärischen Eingriffe** (kein Nato-Bündnisfall) → **Verhinderung einer Ausdehnung der kriegerischen Auseinandersetzung** (Debatte in Deutschland: Lieferung schwerer Waffen?)
- **Investitionen in Verteidigung** und **militärische Aufrüstung**

Auf einen Blick

Übrigens … Nach Dieter Senghaas ist Frieden kein Naturzustand, sondern muss vorbereitet und erarbeitet werden.

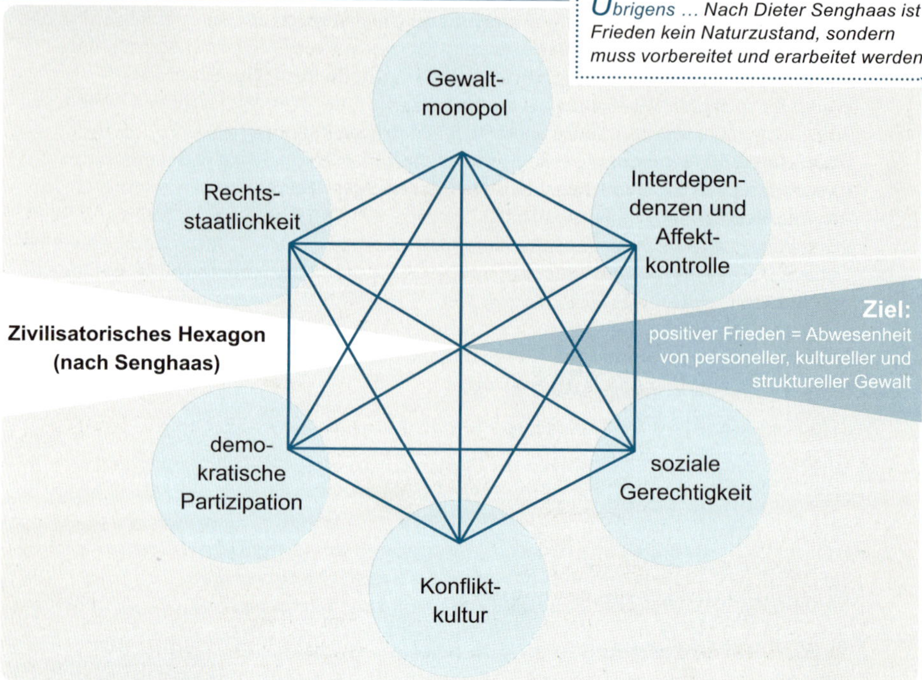

Krieg und Frieden

- **negativer Friedensbegriff:** Abwesenheit von militärischer Gewalt; Nicht-Krieg
- **positiver Friedensbegriff:** Abwesenheit von personeller (z. B. Folter), kultureller (z. B. Rassismus, Chauvinismus) und struktureller (z. B. Ausbeutung) Gewalt; Zunahme sozialer Gerechtigkeit → Frieden als komplexer und langfristiger Prozess

Friedensaspekte der Theorien der internationalen Politik

- **Realismus:** internationale Anarchie; Machtstreben der Staaten; Friedenssicherung durch Herstellung eines Gleichgewichts der Mächte (*balance of power*)
- **Neorealismus:** internationale Anarchie; Sicherheitsstreben der Staaten als Einheiten eines internationalen Systems; Mächtegleichgewicht durch Herstellung eines unipolaren Systems (Hegemonie), eines bipolaren Systems mit zwei mächtigen Staaten oder eines multipolaren Systems; Korrektur von Machtungleichgewichten (*balancing*) → Aufrüstung/Bündnisbildung
- **Institutionalismus:** Schaffen von internationalen Institutionen und Normen; Ausbau der UNO zur Integration des Staatensystems (diplomatische Konfliktaustragung)

Zivilisatorisches Hexagon nach Senghaas

- umfassendes Sicherheitskonzept von Dieter Senghaas (Friedensforscher)
- Frieden als Zivilisierungsprojekt
- Ziele des Regierens (Annäherung an grundlegende und gesellschaftlich anerkannte Wertvorstellungen) als Bedingungen für den Frieden
- sechs Forderungen für eine Zivilisierung der inner- und zwischenstaatlichen Beziehungen:
  - **staatliches Gewaltmonopol:** Entprivatisierung der Gewalt
  - **Rechtsstaatlichkeit:** Kontrolle des Gewaltmonopols (↔ Despotie)
  - **Interdependenzen und Affektkontrolle** (gegenseitige Abhängigkeiten der Mitglieder einer Gemeinschaft; der Einzelne lernt, auf Gewalt zu verzichten)
  - **soziale Gerechtigkeit**/Verteilungsgerechtigkeit: Sicherung der Grundbedürfnisse
  - konstruktive politische **Konfliktkultur**
  - **demokratische Beteiligung**

Konfliktlösung und Friedenssicherung

- Ursprung von Konflikten: **Interessensgegensätze** von Individuen, Gruppen und Staaten
- übliche **Maßnahmen** zur Lösung internationaler Konflikte:
  - **vorbeugende Diplomatie** (preventive diplomacy)
  - **Friedensschaffung** (peacemaking)
  - **Friedenserzwingung** (peace enforcement)
  - **Friedenssicherung** (peacekeeping)
  - **Friedenskonsolidierung** (peacebuilding)
- fließender **Übergang** zwischen Konfliktlösung und Friedenssicherung
- Möglichkeiten der **Friedenssicherung**, die politikwissenschaftlich diskutiert werden:
  - **Integration** mehrerer Staaten (z. B. EU)
  - **multilaterale Bündnisse** (z. B. Nato) und **bilaterale** Abkommen (z. B. Schweiz – EU)
  - Förderung von **gegenseitigen Abhängigkeiten** (Interdependenzen)
  - Aufbau eines **Weltstaates** → nur eine theoretische Option
- wichtiges Sicherheitssystem: **Charta der Vereinten Nationen**
- Entwicklung: Konfliktbewältigung wird aufgrund der **Vielschichtigkeit** und **Transnationalität** von Kriegen und Konflikten und der Beteiligung von **nichtstaatlichen Akteuren** mit **unterschiedlichen Interessenslagen** zunehmend schwieriger

Auf einen Blick

Übrigens … Deutsche Außenpolitik ist geprägt von der historischen Last des Nationalsozialismus und politischen (Bündnis-)Pflichten.

Konzept der **zivilisierenden Außenpolitik**

Ziele

- Schutz des nationalen Territoriums
- Internationale(r) Frieden/Sicherheit
- Demokratie, Freiheit, Menschenrechte
- Armutsbekämpfung
- Erhalt der Umwelt

Bedingungsfaktoren

- Vorgaben des GG und Wertekonsens
- EU/Europäische Integration
- Transatlantische Partnerschaft
- Multilateralismus

Grundsätze deutscher Außen- und Sicherheitspolitik

- **Außenpolitik:** Vertreten der nationalen Interessen gegenüber anderen Staaten
- **hohe außenpolitische Bedeutung** Deutschlands aufgrund **wirtschaftlicher Stärke** und **nationaler Größe** (Schlüsselrolle in NATO, EU sowie wichtige Macht in der UNO)
- Konzept der **zivilisierenden Außenpolitik** mit folgenden **Zielen** und **Grundsätzen:**
  - Primärziel: Schutz der Unversehrtheit des deutschen Staatsgebiets
  - multilaterale Zusammenarbeit (↔ Unilateralismus)
  - Verwirklichung von Frieden und internationaler Sicherheit
  - Einsatz für Demokratie/Freiheit; Weiterentwicklung von Menschenrechten und Völkerrecht
  - Bekämpfung von Armut und sozialer Ungleichheit
  - Erhalt der Umwelt
- **Akteure** der deutschen Außenpolitik:
  - **Außenminister*in:** Federführung beim Aushandeln völkerrechtlicher Verträge/Abkommen
  - **Bundeskanzler*in/Bundesregierung:** Richtlinienkompetenz; personeller Vorschlag für die Besetzung der Außenministerposition; Mitarbeit in internationalen Organisationen
  - **Bundestag:** ausschließliche Gesetzgebung für auswärtige Angelegenheiten und Verteidigung; Mitwirkungsrechte in der auswärtigen Politik; Entscheidung über Bundeswehreinsätze
  - **Bundespräsident*in:** völkerrechtliche Vertretung und Repräsentation nach außen

Das Weißbuch (2016)

- oberstes sicherheits- und verteidigungspolitisches Grundlagendokument der Bundesregierung: v. a. zu außenpolitischen Fragen → Ableitung der Rolle der Bundeswehr (siehe S. 44 f.)
- im Mittelpunkt Zukunftsthemen wie **Krisenfrüherkennung**, **hybride Kriegsführung** und **Cybersicherheit**

Bedingungsfaktoren deutscher Außen- und Sicherheitspolitik

Verfassungsrechtliche Grundlagen

- Leitlinien: **Friedenspostulat – Westbindung – offener Multilateralismus**
- Präambel des GG: Bekenntnis zur **europäischen Integration** und zum **Weltfrieden**
- Art. 1 Abs. 2 GG: Bekenntnis zu **unveräußerlichen Menschenrechten**
- Art. 24 Abs. 2 GG: Einordnung in ein **System kollektiver Sicherheit**; Beschränkung der Hoheitsrechte (Souveränitätsbegrenzung)
- Art. 25 GG: allgemeine Regeln des **Völkerrechts** als Bestandteil des Bundesrechts
- Art. 26 Abs. 1 GG: **Verbot eines Angriffskriegs**
- Art. 87 a GG: Bereithalten von **Streitkräften zur Verteidigung**

Europäische Integration und Europäische Union

- Europäische Integration und EU als **Rahmen** und **Richtung** deutscher Außenpolitik
- Stärkung des Zusammenhalts und Vertiefung der Zusammenarbeit insbesondere im Bereich der „Gemeinsamen Sicherheits- und Verteidigungspolitik" **(GSVP)**
- möglichst **geschlossenes Auftreten** bei internationalen Belangen; **Beistandsklausel**

Transatlantische Partnerschaft

- USA als engster Verbündeter außerhalb Europas
- historisch bedingte **Westbindung**; **Wertekonsens:** Demokratie, Freiheit, Rechtsstaatlichkeit
- traditionell enge politische und wirtschaftliche Verflechtung

Multilaterale Kooperation

- internationale Zusammenarbeit und verbindliche Regeln statt staatliche Alleingänge
- Mitgliedschaft in zahlreichen internationalen Organisationen:
  - Deutschland als **Mitglied der UNO** → multilaterale intergouvernementale Zusammenarbeit
  - Deutschland als **Mitglied der OSZE** (Organisation für Sicherheit und Zusammenarbeit in Europa, 57 Mitglieder): verstetigte Staatenkonferenz zur Friedenssicherung
  - Deutschland als **Mitglied der NATO** (Nordatlantische Allianz, 30 Mitglieder) → Integration in die Bündnisstruktur und Unterstellung deutscher Truppen unter NATO-Kommando
  - Deutschland als Teil der **G7** → Fragen der Weltwirtschaft
  - Partnerschaften und Verhandlungsformate wie z. B. im Rahmen der **G20**

Prinzipien des Systems kollektiver Sicherheit

- **gegenseitiger Gewaltverzicht:** Verzicht auf militärische Angriffe; Anerkennung der nationalen Souveränität und der Unverletzlichkeit des Territoriums
- **gegenseitiger Beistand** im Falle eines Verstoßes gegen das Prinzip des Gewaltverzichts (z. B. Art. V des NATO-Vertrags: **„Bündnisfall"**)
- **friedliche Streitbeilegung:** im Vorfeld oder nach Beendigung eines Konflikts durch gegenseitige Konsultationen oder Anerkennung einer übernationalen Schiedsgerichtsbarkeit

→ **UNO** und **NATO** als wichtigste internationale Organisationen kollektiver Sicherheit

Auf einen Blick

Übrigens … Im „Kampf gegen Corona“ leistet die Bundeswehr Amtshilfe und unterstützt u. a. Gesundheitsämter und Krankenhäuser.

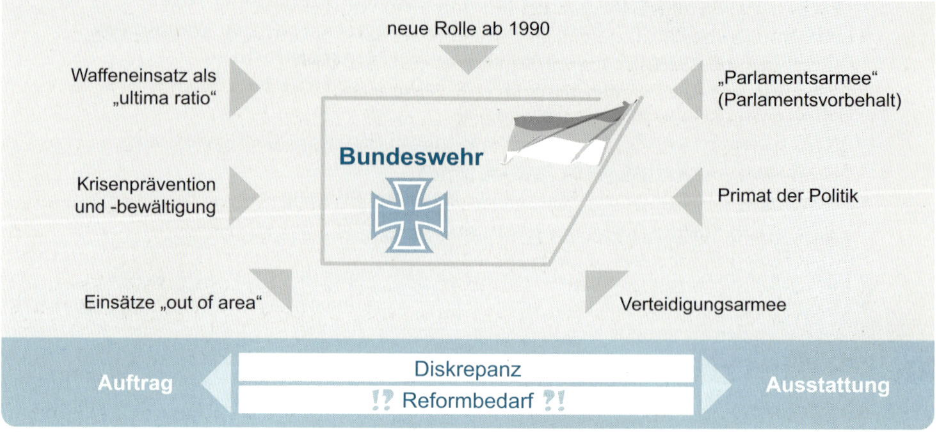

Die Bundeswehr

- Entmilitarisierung Deutschlands nach dem Zweiten Weltkrieg
- **NATO-Beitritt** Deutschlands 1955 und **„Wiederbewaffnung“** → Aufstellung westdeutscher Streitkräfte für eine **Armee im NATO-Bündnis** (militärische Beteiligung an der westlichen Sicherheitsgemeinschaft) → **Bundeswehr**
- Charakteristika:
  - bis 2011 Wehrpflichtigenarmee („Staatsbürger in Uniform“)
  - 2011: Aussetzung der Wehrplicht → Berufsarmee
  - grundsätzlich: **Primat der Politik** (↔ Weimarer Republik), d. h. Oberbefehl bei Verteidigungsminister bzw. im Verteidigungsfall beim Bundeskanzler
- bis Ende des Ost-West-Konflikts **statische und abwehrende Rolle** der Bundeswehr; Einsatz ausschließlich zur **Verteidigung bei einem militärischen Angriff** innerhalb des NATO-Gebiets („Verteidigungsarmee“) → **Aufgabenspektrum:** grundsätzlich Landes- und Bündnisverteidigung, ansonsten Einsatz nur bei innerem Notstand und bei Katastrophen
- **„Parlamentsarmee“: Budgethoheit** des Bundestags; **Parlamentsvorbehalt** → für jeden **bewaffneten auswärtigen Einsatz** der Bundeswehr muss ein Beschluss der Regierung vorliegen, dem das **Parlament zugestimmt** hat

„Neue“ und künftige Rolle der Bundeswehr

- ab 1989/1990 **„neue Rolle“** der Bundeswehr aufgrund des Wandels des sicherheitspolitischen Umfelds (Ende der Blockkonfrontation; neue, asymmetrische Konflikte)

- 1994 **„out-of-area"-Urteil** des Bundesverfassungsgerichts: Verfassungsmäßigkeit von Bundeswehreinsätzen **außerhalb des NATO-Gebiets** → Bundeswehreinsätze im Rahmen von Systemen kollektiver Sicherheit (z. B. UNO) und kollektiver Verteidigung (NATO) sind mit dem Grundgesetz vereinbar, sofern sie der **Friedenswahrung** dienen
- **Erweiterung des Einsatzprofils** um globale **Krisenprävention und -bewältigung:** z. B.
  - Trennung und Überwachung von Konfliktparteien (z. B. Mali)
  - Überwachung eines Waffenstillstands (z. B. Westsahara)
  - Unterstützung beim Aufbau einer zivilen Friedensordnung (z. B. Kosovo)
  - sicherheitspolitische Stabilisierung (z. B. Anti-IS-Einsatz in Jordanien und im Irak)
- Einsatz **militärischer Mittel** als **„ultima ratio"**
- **Diskussion:** Bundeswehreinsätze, insbesondere in Verbindung mit Kampfhandlungen, innenpolitisch sehr umstritten, während gleichzeitig von den Bündnispartnern die begrenzte Mandatierung der Bundeswehr kritisiert wird
- **Zeitenwende 2022?:** Umdenken hinsichtlich **Relevanz und militärischer Einsatzbereitschaft** der Bundeswehr infolge des aggressiven militärischen Vorgehens Russlands (siehe unten)

Reformbedarf

- Ziel der Reform: Deutschland als **zuverlässiger Partner** innerhalb der Bündnisse und Allianzen
- **Anpassung der Ressourcen** und der **Kampfbereitschaft** der Bundeswehr an ihre veränderte Rolle („Armee im Einsatz"): Probleme hinsichtlich der Ausstattung und der Einsatzbereitschaft der Mittel → **Diskrepanz** zwischen **Auftrag** (militärischer Beitrag bei der internationalen Krisenbewältigung) und **verfügbaren Mitteln**
- Verbesserung der Einsatzfähigkeit durch Bereitstellung entsprechender Mittel: eigentliche Verpflichtung zur Einhaltung des **2%-Ziels der NATO** (Anteil der Verteidigungsausgaben am BIP) → **Verbindlichkeit und Notwendigkeit** der Einhaltung des Ziels **innenpolitisch umstritten**; Argumente gegen Einhaltung: Effizienzsteigerung statt Mittelsteigerung; Friedenspolitik durch Bekämpfung der Ursachen von Konflikten und nicht durch Militäreinsatz
- **aktuelle Herausforderungen:** Cyber-Angriffe, hybride Kriegsführung, angemessene Einsatzbereitschaft, rasche Schwerpunktverlagerung mobiler Kräfte, Unterstützungsleistungen für Alliierte

Änderungen in der Verteidigungspolitik als Reaktion auf den Ukraine-Krieg

- künftige **Erfüllung des 2 %-Ziels** (2 % des BIP ins Verteidigungsbudget)
- **Aufrüstung:** massiver Ausbau und Aufrüstung der Streitkräfte durch ein von der Regierung geplantes **„Sondervermögen Bundeswehr"** in Höhe von 100 Milliarden Euro, das im Grundgesetz verankert werden soll (Erfordernis einer Zwei-Drittel-Mehrheit im Bundestag und Bundesrat); größtes Rüstungspaket in der Geschichte der Bundesrepublik
- Debatte über die **Wiedereinführung der Wehrpflicht** (gegenwärtig jedoch unwahrscheinlich: u. a. Sinnhaftigkeit umstritten, grundgesetzliche Hürden, gesellschaftlicher Widerstand)

Auf einen Blick

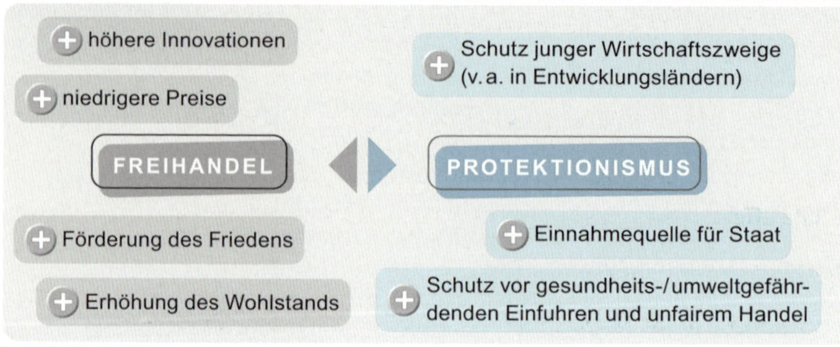

Übrigens … Nato-Generalsekretär Stoltenberg hat angesichts der Folgen des Ukraine-Kriegs beim Weltwirtschaftsforum 2022 dafür geworben, Handelsbeziehungen zu autoritär geführten Ländern auf den Prüfstand zu stellen.

Begriffsbestimmungen

Freihandel

- **Grundannahme:** Erhöhung des Wohlstands aller Beteiligten durch internationale Arbeitsteilung und das Ausnutzen von Kostenvorteilen
- **Grundsatz der Außenhandelspolitik:** freier Austausch von Gütern, Dienstleistungen und Kapital zwischen den Ländern; freie Preisbildung auf dem internationalen Markt
- **Konsequenz:** internationale Wettbewerbsfähigkeit (absolute oder komparative **Kostenvorteile**) notwendig, um auf dem freien Markt bestehen zu können
- **Maßnahmen zur Förderung des Freihandels:** Bildung einer Zollunion, Freihandelszonen, Binnenmarkt, Mitgliedschaft in internationalen Organisationen (insbesondere WTO)
- Beispiele für Freihandelszonen: EU, NAFTA, TTIP

Protektionismus

- **Ziel:** Schutz heimischer Unternehmen vor der internationalen Konkurrenz
- **Grundsatz der Außenhandelspolitik:** politische Maßnahmen in Form von Handelshemmnissen; indirekte oder direkte Beeinflussung der Preisbildung → künstliche Wettbewerbsvorteile der heimischen Industrie
- **protektionistische Maßnahmen: tarifäre Handelshemmnisse** wie Zölle auf ausländische Produkte oder Subventionen für heimische Produkte; **nicht-tarifäre Handelshemmnisse** wie Kontingente (Importquoten), technische oder Qualitäts-Normen, hohe Umwelt- und Sozialstandards, aufwendige und diskriminierende Importabwicklung etc.

Freihandel vs. Protektionismus

Argumente für Freihandel und gegen Protektionismus

- mehr (internationaler) Wettbewerb führt zu **Innovationen** und **sinkenden Preisen**
- Sicherung der **Versorgung** mit national nicht verfügbaren Gütern und **von Arbeitsplätzen**
- durch Spezialisierung und Nutzung von absoluten und relativen Kostenvorteilen optimale Nutzung der Ressourcen und **Erhöhung des Wohlstands** aller Beteiligten
- **Förderung des Friedens** durch internationale Handelsverflechtungen

Argumente für Protektionismus und gegen Freihandel

- Verhindern einseitiger Spezialisierung und **Verringerung der Importabhängigkeit**
- **Schutz** vor **gesundheits-** und **umweltgefährdenden Einfuhren** und **unfairen Handelspraktiken**
- zeitweiliger **Schutz junger Wirtschaftszweige**, bis sie Wettbewerbsfähigkeit erlangt haben
- Zölle und Steuern auf Importe als **Einnahmequelle für den Staat**
- Länder mit Wettbewerbsnachteilen (z. B. Entwicklungsländer) als **Verlierer des Freihandels**
- **negative soziale Effekte** bei unreguliertem Freihandel (z. B. Umweltverschmutzung)

Die WTO (Welthandelsorganisation)

- **W**orld **T**rade **O**rganization; 164 Mitgliedstaaten; umfasst ca. 97 % des Welthandels
- Zentrale Prinzipien: **freier Marktzugang**, Gleichbehandlung in- und ausländischer Anbieter **(Inländerbehandlung)**, Handelsvergünstigungen gelten immer für alle WTO-Mitglieder **(Meistbegünstigungsklausel)**
- Dachorganisation von drei Vertragswerken: **GATT** (allgemeines Zoll- und Handelsabkommen), **GATS** (Abkommen über Handel mit Dienstleistungen), **TRIPS** (Übereinkommen über handelsbezogene Aspekte des Rechts am geistigen Eigentum)
- zentrale Entscheidungen werden nach dem **Konsensprinzip** getroffen → zähe Verhandlungen
- trotz Liberalisierung **Regionalisierungstendenzen** durch Freihandelszonen, Wirtschafts- und Zollunionen (EU, NAFTA in Nordamerika, Mercosur in Lateinamerika, ASEAN in Südostasien oder SACU in Südafrika) → diskriminierende Wirkung auf Drittländer

Grenzen nationaler Wirtschaftspolitik in Zeiten der Globalisierung

- starker Einfluss internationaler Verflechtungen auf die nationale (Wirtschafts-)Politik → großer internationaler Wettbewerbsdruck hat Auswirkungen auf folgende Politikbereiche:
  - **Sozial- und Arbeitsmarktpolitik:** z. B. Wettbewerbsnachteile durch höhere Sozial- und Sicherheitsstandards → Anpassungsdruck nach unten
  - **Konjunkturpolitik:** Abfluss aufgewendeter Mittel ins Ausland über den Import von Konsum- und Investitionsgütern (z. B. „Abwrackprämie")
  - **Wettbewerbspolitik:** Marktmacht durch internationale Zusammenschlüsse, die nicht dem nationalen Wettbewerbsrecht unterliegen
  - **Geld- und Währungspolitik:** in Deutschland komplett an die EZB abgegeben und zusätzlich starker Einfluss internationaler Finanzmärkte
  - **Außenhandelspolitik:** stark durch Mitgliedschaft in EU und WTO bestimmt

Europäische Handelspolitik

- **gemeinsame Handelspolitik**, die den Güter-/Warenaustausch mit Drittländern regelt
- Kernelement: gemeinsamer Zolltarif/**Zollunion**; innerhalb der EU: **freier Handelsverkehr**
- Recht der **Europäischen Kommission**, Handelsabkommen mit **Drittländern oder internationalen Organisationen** abzuschließen mit dem Ziel, den **Handel zu fördern** (z. B. Abkommen mit den Ländern der EFTA und Ländern Asiens und Lateinamerikas); i. d. R. wird auch eine über den Güteraustausch hinausgehende Zusammenarbeit angestrebt

Schwellen- und Entwicklungsländer (eA)

Auf einen Blick

Übrigens … Deutschland lag im Ranking des HDI 2020 auf Platz 6, den ersten Platz besetzte Norwegen.

Indikatoren der Entwicklung

- BIP
- Gini-Koeffizient
- HDI
- ISEW/GPI
- Happy Planet Index

Begriffsbestimmungen

Entwicklungsländer

Merkmale:
- **unzureichende Versorgung** großer Bevölkerungsgruppen mit Nahrungsmitteln
- **mangelhafte Gesundheitsversorgung**, hohe Kindersterblichkeit, geringe Lebenserwartung
- niedriges Pro-Kopf-Einkommen und **ungleiche Einkommens- und Vermögensverteilung**
- Dominanz des **primären Sektors**
- mangelhafte Infrastruktur
- schlechte Bildungsmöglichkeiten, hohe Analphabetenrate
- **Kapitalmangel** und außenwirtschaftliche Schwierigkeiten aufgrund **hoher Verschuldung**
- **hohe Arbeitslosigkeit**, ausgeprägter **informeller Sektor**
- z. B. Ghana, Mali, Costa Rica, Georgien, Samoa, Belarus, Ecuador

Schwellenländer

Merkmale:
- Länder am **Übergang** vom Entwicklungsland zur Industrienation
- umfassender Wandlungsprozess: hohe wirtschaftliche **Wachstumsraten** und enorme **Steigerung des Pro-Kopf-Einkommens**
- **soziale und politische Entwicklung** (Gesundheit, Bildung, Wasserversorgung, demokratische Strukturen) weit **hinter** wirtschaftlicher Entwicklung
- z. B. Mexiko, Malaysia sowie die BRICS-Staaten (Brasilien, Russland, Indien, China und Südafrika)
- **Problem:** Wachstum vielfach auf **Kosten der Umwelt** (z. B. Raubbau an den Regenwäldern des Amazonas), **fehlende soziale Abfederung**

Einbindung der Entwicklungsländer in den ökonomischen Globalisierungsprozess

- **Welthandel:** Dominanz der Industrieländer beim Welthandel, hohe Wachstumsraten der Schwellenländer, keine nennenswerten Zuwächse bei den Entwicklungsländern
- **Handelshemmnisse** gegenüber den Entwicklungsländern:
  - Neigung zum Protektionismus in Branchen, in denen die Entwicklungsländer über komparative Kostenvorteile verfügen (z. B. Agrarsektor)
  - Regionalisierungstendenzen/Freihandelszonen, von denen die Entwicklungsländer ausgeschlossen sind (z. B. NAFTA, EU)
- **auf Rohstoffe konzentrierte Exportstruktur:**
  - zum Teil geringe Gewinnspannen
  - ungleiches Warenaustauschverhältnis zulasten der „Dritten Welt" („Terms of Trade": Verhältnis der Einfuhrwerte eines Staates zu dessen Ausfuhrwerten)
  - große Abhängigkeit von der Weltwirtschaftslage
  - bei Export hochwertiger Rohstoffe (z. B. Öl): Aufwertung der lokalen Währung durch hohe Deviseneinnahmen → Schwächung der heimischen Industrie und nachlassende Kaufkraft
- **Zerstörung heimischer Märkte durch Billigimporte** aus Industrie- und Schwellenländern (z. B. subventionierte Agrarprodukte wie Milchpulver, Tomaten)

Indikatoren zur Messung der gesellschaftlichen Entwicklung/des Wohlstands

- **BIP** → Annahme **„Wachstum = Wohlstand"** wird zunehmend hinterfragt; Schwächen:
  - **Basiseffekt:** unterschiedliche prozentuale Veränderung je nach Ausgangswert
  - **marktferne Leistungen:** Vernachlässigung privater Hausarbeit und Schwarzarbeit
  - **Verteilung:** Vernachlässigung der Wohlstandsverteilung
  - **Reparaturleistungen:** BIP enthält auch Reparaturleistungen (z. B. nach einem Sturm)
  - **materielles Maß:** Wiedergabe rein quantitativer Werte
- **Gini-Koeffizient:** gibt den Grad der Ungleichheit der Einkommensverteilung z. B. in einem Land oder einer Region an; 0 = Gleichverteilung, 1 = maximale Ungleichverteilung (Konzentration des Einkommens bei einer einzigen Person) (vgl. S. 17)
- **Human Development Index (HDI):** umfassende Wohlstandsermittlung der UNO auf Grundlage des Bruttonationaleinkommens, des Grades der Alphabetisierung und der Lebenserwartung (liegt zwischen 0 und 1; 1 = „höchste menschliche Entwicklung")
- **Index of Sustainable Economic Welfare** (**ISEW**, „Index für nachhaltigen wirtschaftlichen Wohlstand"): Erweiterung des BIP, Berücksichtigung von sozialen und ökologischen Faktoren (u. a. Privatkonsum, Einkommensverteilung, Wert unbezahlter Hausarbeit, Veränderung des Kapitalbestandes, Kosten der Verschlechterung von Lebens- und Umweltqualität) → Weiterentwicklung (z. B. verbesserte Kalkulation zur Bewertung des steigenden Bildungsniveaus) zum **GPI** (**Genuine Progress Indicator**)
- **Happy Planet Index:** Maß für die ökologische Effizienz einer Gesellschaft bei der Erzeugung von Zufriedenheit auf Grundlage der Faktoren **Lebenszufriedenheit**, **Lebenserwartung** und **ökologischer Fußabdruck** (= Darstellung des produzierten Abfalls und des CO_2-Aufkommens als Fläche, die der Abfall als Lagerfläche verbraucht und die zur Absorption der Luftverschmutzung nötig ist)